一位
财政部长的
两份遗嘱

宁新路◎著

光明日报出版社

图书在版编目（CIP）数据

一位财政部长的两份遗嘱 / 宁新路著. -- 北京 ：光明日报出版社，2021.6

ISBN 978-7-5194-5984-0

Ⅰ. ①一… Ⅱ. ①宁… Ⅲ. ①纪实文学-中国-当代 Ⅳ. ①I25

中国版本图书馆CIP数据核字(2021)第070637号

一位财政部长的两份遗嘱

YIWEI CAIZHENG BUZHANG DE LIANGFEN YIZHU

著　　者：宁新路

责任编辑：谢　香　王　娟　　　　责任校对：傅泉泽

封面设计：李尘工作室　　　　责任印制：曹　诤

出版发行：光明日报出版社

地　　址：北京市西城区永安路106号，100050

电　　话：010-63169890（咨询），010-63131930（邮购）

传　　真：010-63131930

网　　址：http://book.gmw.cn

E-mail：gmrbs@gmw.cn

法律顾问：北京德恒律师事务所龚柳方律师

印　　刷：北京汇瑞嘉合文化发展有限公司

装　　订：北京汇瑞嘉合文化发展有限公司

本书如有破损、缺页、装订错误，请与本社联系调换

开　　本：170mm×240mm

字　　数：200 千字　　　　印　张：16.5

版　　次：2021年6月第1版　　　　印　次：2021年6月第1次印刷

书　　号：ISBN 978-7-5194-5984-0

定　　价：58.00元

一无所有

2005年2月25日上午，北京八宝山革命公墓第一告别室，走完99年人生历程的财政部老部长吴波，静卧在鲜花、翠柏丛中。面容依然如生前那般慈祥和平静，使人感到他没有离去，是沉沉地睡着了。

“晚春蚕老丝难尽，孺子牛亡汗未消。”悼词说，吴波为中华民族的解放事业，为社会主义革命和建设事业，为共和国的财政工作贡献了他的一生，实现了他的夙愿。这个评价，不是客套与安慰之词，是一字千金和名副其实的定型。

1983年，他离休之后重返延安，对自己参加革命后的生涯做了一个概括：“面完达摩十年壁，换得金刚百炼身。今日灵山问证果，此生犹愧净无尘。”他把自己的一切献给了人民，他忠实地完成了自己的夙愿。他以真诚的坚守走完了一生。

他留下遗嘱说，自己参加革命成为一个无产者，从没有想过购置私产留给后代。他执着追求没有自我的人生境界，且把这个愿望坚守到了身后。根据他的遗愿，家属把分给他的两套住房交还给了国家。

他没有大额存款，因为他把大部分薪水都用来帮助了别人，留给后人的仅有三万元的积蓄。这笔钱除了付丧葬费和儿子搬出公房等费用外，几乎没有什么剩余。

不沾一“尘”地来，不沾一“尘”地去，这是吴波的人生境界。这境界让常人有种“高山仰止”的惊叹。

目录

第一章
寻觅中的艰难跋涉

1906 年初春，兵荒马乱的年月，吴波出生在安徽省泾县茂林村。十六岁那年，跟母亲搬到宣城水东镇，水东就成了他第二故乡。

吴波的苦难从小就开始了。四岁时死了父亲，没了经济来源，不久叔父和他们分了家，继而哥哥经商折本欠了债，随之一场大火，把住房烧得片瓦无存。接着他和哥哥二人也分了家，各分得四亩水田，火灾后重建住房和欠下的债务，由兄弟俩分担。吴波家的日子从此雪上加霜。

吴波八岁进私塾上学，读书十分用功，辛劳的母亲对他的未来有了期望，一心想培养他读书当官，却因家庭日渐贫寒，无法完成学业，后虽有叔父资助，读到第八年，就因缺学费再也读不下去了。十六岁的吴波，只好到宣城做学徒，做杂活。他做的虽是小店员的苦活，满脑子却是建功立业的梦想。

这是个什么样的社会啊，到处是战乱死伤，到处是欺压掠夺，到处是饥荒。吴波讨厌、憎恨这个社会。为表达心中的不平，他把名字“报平”改为“抱平”，名叫“吴抱平”，意为对眼前一切都看不惯。他立志“自我奋斗”找寻出路，彻底改变自己的命运，也去改变社会的现状。

一

人的一生，脚下的路虽很窄，却会有多个岔口，步入哪个岔口，就是哪条路的命运。而岔口的选择，却是短浅目光与高远思想的体现。此时吴波处在了人生的岔路口上。

1927 年春天，柳芽露头的时候，有支精神昂扬的队伍到了芜湖宣城——北伐军来了。北伐军高喊“打倒帝国主义”“打倒军阀”“打倒贪官污吏”“打倒土豪劣绅”的口号，要推翻封建落后制度，建立新民主主义的社会。

吴波听着这些口号既新鲜，又兴奋。在响亮的口号声中，有本《三民主义》的书，让他放不下手了，尤其那“驱除鞑虏，恢复中华，创立民国，平均地权”的提法，是要反对列强的侵略，打倒与帝国主义相勾结之军阀，求得国内各民族平等，承认民族自主权，还要实行为一般平民所共有的民主政治，防止欧美现行制度流弊，人民有选举权，使人民拥有政权，还要平均地权，实行耕者有其田。这是一种多么美好的社会！这些设想，让吴波热血沸腾。他从这本书中认识了孙中山，知道了中华民族的未来会很美好，对孙中山产生了景仰。吴波下决心离开宣城，去参加北伐军。

吴波几经周折参加了“皖属先遣队”。穿了军装当了兵，他以为这就是参加了“革命”，兴奋地跟着这支队伍出发了。

由一个小店员成为北伐军的书记官，吴波由衷地喜悦，而这喜悦又那么短暂。在合肥，北伐军“皖属先遣队”被北伐军的白崇禧部队缴了械，他侥幸从先遣队逃了出来。

蒋介石已叛变革命。尽管芜湖北伐军仍在宣传革命，实际上已变成蒋介石的工具。

吴波又回到家乡。行李丢光了，两手空空，在宣城当店员欠下的亏空要归还，生活费要靠家里解决。所有这些都使他母亲发愁。村里人把他看成不守本分的青年，说他放着体面的店员不当，跑出去“革命”，把自己“革”得屁股精光跑回来……闲言碎语，像刀刺心窝，吴波难受，他母亲更难受。

好心的乡亲，劝他仍去经商。他不想再干经商行当，想干改变社会的事，而这雄心壮志离现实又那么遥远。他找不到渴望的那束光亮，他感到眼前一片迷茫。

吴波日渐困惑，在家等待的日子是那么苦涩而艰难。在母亲的责难和人们的讥笑中，他再也待不下去了，决意远走。这时，恰好有位在西北军当书记官的族兄冯剑青回芜湖探亲，听了吴波的窘况，答应帮忙，带吴波离开了老家。

在郑州，吴波经族兄托朋友帮助，考取了郑州市政府公益科的见习科员。吴波做事不遗余力，又极其仔细求真，不久就被转正为三等科员。那时局势动荡，郑州市一年内换了三任市长，三任市长都很欣赏吴波的才华，每任市长都给他提了一级，一年多时间被破格提升三级，他由见习三等科员升到一等科员。

对“三民主义”抱着幻想的吴波，很快发现国民党说一套、做一套。所谓“打倒军阀”，军阀都挂上了“革命”的招牌；所谓“打倒土豪劣绅”，豪绅们依然很神气；蒋介石屠杀进步青年，社会弥漫血腥。他对国民党失望至极。吴波决意远离国民党。

1930年内战开始，冯玉祥的西北军西撤，郑州市政府解散，人员各找出路，吴波只好又回到老家水东，等待新的工作。回家后的吴波，生活失去经济来源，又陷入困境。

吴波的命运里，好像有根好机缘的“红线”，一直在牵着他。这根牵引的“红线”，在他最为困苦的时候，就会牵他走向新的天地。吴波等了半年，那根“红线”又来牵他了，郑州市原市长赵守钰给他发信，通知他来上海工作，吴波在上海的国货商场办事处做了文书主任。吴波觉得这个差事不错，看起来是经商，实际上是同英租界工部局打官司，是同帝国主义做斗争。他干劲十足地做好每件差事。

吴波没想到这是他寻找光明之路的开始。他在上海读到了进步书刊，有鲁迅的作品，有苏联进步小说等。这些书刊对旧社会的揭露，对正义良知的呼喊，对幸福生活的展现，撼动着吴波的心。这个两眼迷茫的青年，从此对社会主义有了笼统概念，对未来有了憧憬，渴望那种没有人剥削人、人人有工作、人人有饭吃的社会早日到来。这束光芒虽已照到他心里，但他看不到光芒来自哪里，他要找到发出这束光芒的源地。

吴波寻找发射这束光芒的人。他在上海很快认识了刘子华。刘子华是 1923 年由李大钊介绍入党的中共党员，是中国共产党中央军委三人领导小组的成员。刘子华在上海利用赵守钰的关系做掩护，做共产党的事，经常到赵家来，有时就住在赵家，吴波有了与刘子华接触的机会，听了他讲的许多革命道理。吴波找到了给他内心带来光芒的人，从此感到眼前一片亮堂。

吴波佩服这些冒着生命危险为理想奋斗的人。他主动接受刘子华的安排，为共产党做一些工作。

光芒刚刚找到，为所敬仰的人们做事刚刚开始，可意想不到的事出现了，国货商场因受洋货的排挤，商场被迫关门。吴波又失业了。没了立足之地，他只得离开上海。离开上海，在他看来就远离了那束光芒。

吴波苦闷地感叹，自己梦想的脚步，刚迈出一小步，眼看就要朝着光芒走去，却又得离开这里，今后还会找到那束光芒吗？他仰望苍天，苍天冷酷；他询问苍天，苍天不语。吴波装满了一肚子困惑。

二

1931年秋天，湖南水灾，成千上万的百姓流离失所，死尸遍野。国民党政府组织“救济水灾委员会”搞救灾，郑州市原市长赵守钰被委任为湖南省放赈专员，要吴波跟他一道去工作。吴波被安排在办事处当秘书兼赈灾事务科长。赵守钰大部分时间不在湖南，放赈工作就放手交由吴波代他去做。

救灾是用美国援助的小麦，只有五万吨，而毁坏的堤垸太多，灾重人多，僧多粥少，如按原定方案搞，美麦赈灾只能修复少部分堤垸，大部分堤垸修不起来。吴波想出了办法。他掌握详情后，提出把工赈变为工贷。把工赈款贷给地主，由他们再自筹一部分工款，待全部堤垸修复起来，贷款收回来留做洞庭湖兴修水利的基金。

吴波的方案，得到了湖南社会各界的支持，却遭到建设厅厅长的反对。他为什么反对？不是为了灾民，而是他有利益所在。

建设厅坚持按原工赈方案进行，并得到湖南军阀省政府主席何键的支持。方案还没实行，便形成了社会各界和政府的矛盾，双方争论不休，一直闹到国民党中央救济水灾委员会。经过多次反复的争论，最后评定认为，吴波的方案利于操作，更利于灾民，于是采用这个方案赈灾，使得大批灾民得到了救助。

吴波的赈灾方案效果很好。赈灾显出吴波不凡的才干，湖南各界拟推荐他出任衡阳县县长，但他听从了南汉宸的意见，由赵守钰安排他到陕西省汽车管理局做了局长。南汉宸是共产党地下工作者，任陕西省政府秘书长。受南汉宸影响，吴波虽然在管理局工作了仅一年零七个月，却做了许多公道正派、有益百姓的好事情。处理管理局人员贪污受贿、徇私舞弊、破坏商车轮班制度的问题，解决军人乘车不买票的问题，解决公路旅客安全问题……

吴波在管理局工作，心里想着共产党的事情，他掩护共产党地下工作者刘秉琳、武伯昌等人开展秘密地下工作，为他们开路条、提供食宿和资助经费，帮助他们开展工作。

不久，吴波的工作又有了变动。这个变动，使得他更加接近了这一道光芒。1934 年春天，赵守钰出任国民党政府护送班禅回藏的专使，吴波又随他去兰州，当了专使行署秘书。

吴波在兰州行署帮助赵守钰筹备入藏物资等事。此时正遇红四方面军北上，西安到兰州的公路被切断，赵守钰专使行署后续人员和准备的物资在西安一时过不来，苦等两个多月，正准备出发时，发生了“西安事变”。

“西安事变”后，西北战争情况越来越复杂，红军在河西走廊遭遇国民党军队围堵，损失惨重。周恩来通过南汉宸发来电报，请赵守钰去西安商事，电报中说，如赵守钰来不了，可派吴波来西安。赵守钰考虑到自己目标太大，容易引起蒋介石注意，就决定派吴波代表他前去。去西安的路很难走，沿途国民党部队把得很严，吴波几经周折，终于赶到了西安。

吴波到西安，形势已变。张学良送蒋介石回南京，被扣押失去了自由，杨虎城的绥靖公署虽然还在，但蒋介石的嫡系军队已开进了西安。吴波见到南汉宸，才知道周恩来约赵守钰，或者让他来西安，是要完成一个重大任务。这个任务很特殊：红四方面军在河西走廊和马家军作战时，被马步芳、马步青俘虏了很多人，想通过赵守钰去做马步芳、马步青的工作，说服二马释放西路军被俘人员，共产党则以赠送他们一批枪支弹药作为交换条件；共产党希望派人去西宁、平凉一带看望西路军被俘人员和了解他们的情况，请吴波找人给以掩护；西路军在河西走廊和党中央失去联系，徐向前等同志下落不明，共产党准备派人去河西走廊打听消息，建立联系，要吴波想办法找可靠的社会关系做掩护。在西安，吴波接受了周恩来交给他的这一特殊任务。

周恩来指定由张文斌和刘秉琳两位与吴波联系。张文斌是1925年参加革命的老党员、老红军，是共产党派驻杨虎城十七路军的代表，负责领导红军驻西安联络处的工作，是在周恩来领导下，参与和平解决“西安事变”斗争的成员。1939年他出任广东省委书记，从事地下工作，于1942年牺牲。刘秉琳是1926年参加革命的老党员，土地革命时期，他在赵守钰掩护下做地下工作。从那时起，吴波就和他很熟悉。中华人民共和国成立后刘秉琳任山东省委书记。他们对吴波非常信任，在离开西安时，南汉宸给了吴波一本电报密码，约好以后互通消息。

在西安，有件让吴波终生难忘的事，是受到了周恩来的接见。周恩来满头黑发，浓眉大眼，潇洒倜傥，文质彬彬，温文尔雅。尤其是他那浓密的黑眉毛下炯炯有神的眼睛，透着亲和力，还透着坚如钢铁的勇气。周恩来的气质风度，让吴波为之惊异，而更让吴波惊异的是周恩来对“西安事变”的讲话。周恩来根据抗日民族统一战线政策，讲了共产党的主张，也讲了国民党的主张，用对比的方法阐述共产党主张的正确，特别讲了共产党对待“西安事变”决定的意义。他说，捉到了蒋介石，人们都盼望杀蒋平民愤。平民愤没有错，蒋介石是该杀，但为了实现全民族抗战，共产党力主顾全大局，蒋介石不能杀；再三考虑，还是把蒋介石放掉了。周恩来用洪亮的声音，娓娓道来，有理有据，使吴波内心有种打开窗户见到阳光的愉悦。这种愉悦，他感到是他长久以来渴求的一种愉悦，是听到了民族有希望、国家有希望正义之声的愉悦。

对民族心怀莫大忧虑的吴波，他多么盼望“西安事变”使蒋家王朝崩溃，也希望把蒋杀掉以平民愤。周恩来的道理，是那么宽阔、高远，使吴波感慨不已。他觉得共产党了不起，蒋介石杀了共产党那么多人，现在为了国家和民族的利益，可以把仇人放掉，这种气魄，让他肃然起敬。

被周恩来高尚的人格、博大的情怀深深打动的吴波激动不已，他感到梦寐以求的人生抱负从此有了明确目标。他下决心要参加革命，到共产党队伍里去实现自己的梦想。

周恩来交给他们一项重要而艰巨的任务，是要他们打听徐向前等的下落、解救红军，且刻不容缓。而西北敌人猖狂，营救难度极大。周恩来亲切地对吴波说：“营救事关重大，会遇到预想不到的困难；考虑到你在西北的朋友多，请你参与帮助完成这一任务，不知道为难不为难？”吴波对周恩来说，营救西路军是件很光荣的事，他会想尽一切办法去做营救工作，请恩来同志放心……

周恩来的嘱托，使吴波热血沸腾；而营救任务艰巨且紧急，犹如肩负千钧。如何尽快完成这一重任？得依托个可靠的人。找谁可靠呢？吴波想到有一个人可以争取。那是吴波 1928 年在郑州认识的熟人高金诚。高金诚在河西走廊甘州开设了一家医院，医院设在教堂，他既是医院院长，又是传教士，思想进步、有正义感，有较高的社会地位，也有较好的群众基础，很适合做掩护工作。

吴波请求高金诚帮助，高金诚也十分同情西路军，愿意去河西走廊为共产党做掩护工作。在谢觉哉的安排下，高金诚与甘州西路军被俘红军临时地下党支部取得了联系，先后救出了刘瑞龙、魏传统、王定国、惠子明等二百多名西路军战士。高金诚的活动，引起了国民党的注意。1938 年年初，不幸的事情发生了，高金诚被敌人秘密杀害。

吴波一直记着高金诚这位可贵的朋友。中华人民共和国成立后，高金诚被党和人民政府追认为革命烈士。

被营救的二百多名红军战士，许多人后来在党和国家重要领导岗位上担任要职，为新中国建设做出了杰出贡献；还有许多为中华民族独立、新中国建设做出杰出贡献的人物，已载入辉煌的史册。中华人民共和国成立后，刘瑞龙历任中共上海市委秘书长，华东局农委书记，华东土改委员会副主任，农业部常务副部长、党组副书记，华东局农委主任等职；魏传统 1955 年被授予少将军衔，为第五届全国政协委员、第六届全国政协常务委员，中国楹联学会成立之初，被推选为会长，后成为当代著名书法家、诗人；王定国与我党优秀共产党员谢觉哉结婚，中华人民共和国成立后任最高人民法院党委办公室副主任、第五至第七届全国政协委员。

还有许多杰出人物，以他们英雄般坚毅的意志，实现了告慰高金诚烈士英灵的夙愿。

三

1939 年 4 月，吴波在专使行署结束护送班禅回藏的任务。延安的红色火光，早已让他按捺不住心中的向往，他决定尽快去解放区参加革命队伍。他怀着一颗单纯而火热的心，去了延安。

到了延安，需要有人介绍他的身份。谁来介绍自己参加革命队伍呢？吴波想到了南汉宸。南汉宸比较了解吴波，又是共产党高级领导干部。吴波费尽周折找到了南汉宸，南汉宸欢迎吴波加入革命队伍。吴波被安排到晋西北临时战地总动员委员会工作。

战地总动员委员会工作结束，南汉宸去了延安，吴波与动委会干部大队奔赴边区。渡过滹沱河，跋涉华北山川，来到河北平山县的洪子店，进入晋察冀的阜平温塘，听候分配工作。

动委会干部由集中使用改成分散使用，总会的干部陆续分配了工作，组织上却没给吴波安排岗位。理由是吴波的历史复杂，社会关系也复杂；了解他的南汉宸联系不上，组织又尚不了解，不能分配工作。吴波的工作要等南汉宸来了以后再确定，而南汉宸在延安一时来不了，他只能等待。

那时的边区队伍中常混进敌特分子，搞清楚每个新干部的情况，是必须做的。没人说得明白他的“复杂历史”，吴波被组织上叫去接二连三地谈话，接受审查。审查结果是，吴波仍然不能留在边区工作；组织决定要他离开晋察冀，以他在社会上认识上层人物多的人脉关系，到白区鹿钟麟那里开展统一战线工作。组织上说，派他在“外面”工作，比在根据地起的作用大，相信会发挥更大作用。

虽说是重用和考验，而吴波明白，要他离开根据地，是组织上对自己不了解、不信任。而他在沮丧里有种冲动：大敌压境，怎能在后方苟安偷生，应该到前方去杀敌；既然自己已到根据地，怎能轻易离开呢！

吴波请求组织留他在根据地工作，组织上不同意；吴波又提出让他在根据地工作一个时期，接受些锻炼再去外地，组织也不同意。

吴波看自己留在晋察冀不可能了，但不愿到鹿钟麟那里去，更不愿离开边区队伍。

拥抱光明，而得不到光明，哪怕是对意志坚强的人，也是一种精神折磨。时局复杂，面对的环境也复杂，吴波一晚又一晚难以入睡。吴波感到那些天的夜晚真长啊，心头好像浇了一盆盆凉水，从头凉到了脚，怎么也睡不着觉。吴波心里痛苦，这痛苦让他无解：满腔热情投奔革命，料不到受到摈弃，怎么办呢？吴波意识到，自己的历史在这里没人了解，不可能得到信任。他的历史情况只有南汉宸清楚，他得去延安找南汉宸。

去延安得找机会。吴波想利用离开晋察冀路过延安的时机，找南汉宸证明自己历史的清白。可偏偏负责人通知他，要他通过晋东南离开解放区，且要马上走。吴波去延安找南汉宸的希望落空了。

按照领导指定的路线，吴波沿太行山脉由北向南走，躲开敌人扫荡，经平山、井陉等地长途跋涉，他到达武乡与襄垣之间的红军北方局所在地。

不被组织信任，是多么痛苦的事情。吴波不愿等待，他要让组织尽快了解自己，尽快轻装上阵投入革命。他给野政组织部长周桓写信，要求组织与他谈一次话。谈什么？当然是历史情况，希望组织出面与南汉宸联系，证明清楚自己的历史，让自己放手工作。几天后，组织部安排八路军前敌总指挥部申秘书长同他谈话。吴波没想到找他谈话的申秘书长是他的老朋友申伯纯。申伯纯了解他的过去，申伯纯要吴波留在晋东南工作。留在根据地工作，这是吴波的希望。

吴波由衷地喜悦，他想留在解放区参加革命的愿望实现了，内心的苦闷顿时烟消云散。申伯纯通知吴波到前总报到，把他分配到了野政统战部工作。吴波刚进野政，因亟须充实八路军驻洛阳办事处力量，组织上认真考虑后，决定派他去。

驻洛办在国民党统治区，派他去是做统战工作。在国民党眼皮下的共产党驻洛办，是国民党特务暗中监视的重点对象，开展工作的局面异常险峻。这是组织的信任，吴波毫不犹豫地去了新单位。

一路上，吴波满怀信心，对新的岗位和未来充满了美好的憧憬，原以为自己能在统战工作中发挥大的作用，没料到去了驻洛办，只安排他在机关做一般工作。吴波不是党员，过不上组织生活，看不到党内文件，感到离党很远。他多么需要组织帮助，使他的政治思想得以不断进步。可半年过去了，从没人关心过他追求进步的事。

吴波渐渐感到，这里的气氛不对头。驻洛办主任袁晓轩作风不正派，在驻洛办对顺从他的人无原则拉拢，对对他有意见的人无情打击。他拉拢的人思想作风不正派；他所打击的人，是大家公认的好干部。吴波抵触袁晓轩，担心在政治上被他陷害。他又给南汉宸写信，提出想去延安的愿望。南汉宸给袁晓轩发来了电报，调吴波去延安工作，他便顺理成章地离开了驻洛阳办事处。

吴波走后不久，可怕的事情发生了，袁晓轩叛变投敌做了叛徒。好险，吴波想，如果不是自己走得及时，不知道是否会发生意想不到的可怕事情。

吴波到了延安，起初被安排在统战部工作，不久就被接受为光荣的中国共产党党员。当南汉宸由统战部调到陕甘宁边区财政厅当厅长时，他把吴波也调到了财政厅，在财政厅做秘书主任。

做财政工作，对吴波来说是人生的重大转折。他是个外行，但他勤于学习，也养成了做事仔细扎实的习惯，便很快成了财政厅骨干。边区政府的财政报告、征收公粮的社论，以及毛主席研究边区财政问题需要的情况报告，凡是要财政厅提供的材料，领导都交由吴波起草。吴波在边区财政厅有种大有作为的感觉。

正当他干得起劲、憧憬美好未来的时候，一场运动来了。那就是延安大审干。

四

延安大审干开始于1943年。大审干要审什么人？吴波不知道，更没想到自己就是被审查的重点对象。

延安审干的主要目的，吴波后来才了解，在于对党员大发展阶段吸收入党的新党员实行政治过滤，也是对国民党和国内其他党派的高度警惕。1937年抗战爆发，中共获得合法地位后，大批青年投奔延安，一些原先失去组织关系的党员也纷纷归队，中共中央组织部门在社会部的配合下对进入延安的每一个人进行了严格的审查，也就是说，只有经过组织审查的人，才能被分配至机关、学校、部队工作。吴波刚到延安，又新入党，且过去的历史很容易产生疑点，接受审干审查，甚至被怀疑，是很正常的事。这些政策和实情，吴波后来才知道。

1943 年 3 月的一天，他被带到延安陕甘宁边区保安处。保安处人员当即对他宣布，他有政治问题，被逮捕了。带他来的人也说，是送他到保安处来接受审查的。这犹如晴天霹雳，吴波一时被击蒙了。

吴波被关进窑洞，窑洞外是荷枪实弹的看守战士。窑洞里有人，也是同他一道接受审查的人。被关进窑洞，他感觉到了另一个世界，当然是心里没了阳光的世界。

进了窑洞，边区保安处人员向他宣布关押规定：同窑洞的人不准通姓名，不准谈案情，只准坐着不动，各人想各人的问题。吴波明白，此时自己已成犯人了。吴波像在做梦，想不明白这是怎么回事，也不知道自己究竟有什么问题。

关在这里的人，会是什么样的命运？他听说没问题的很少，被镇压的很多。吴波心里很紧张，但又不知道自己有什么问题。面临严峻局面，随时都有被“专政”的可能，他感到阵阵寒意袭身。

吴波从没见过这样的阵势，他一时恐慌了，不知道未来会是什么样子，陷入了极度痛苦的境地。他怎么也想不通，自己在旧社会洁身自好寻找“自我奋斗”的光明道路，后来接受了马列主义，下决心跟共产党走，到延安参加了革命，虽然在晋察冀受到挫折，但那只是不了解、不信任而已，并没有被当成怀疑对象，没料到来到日思夜想的延安，却被关进了牢房，变成了嫌疑犯。年轻的他，一时接受不了这样的现实，感到自己的尊严被摧毁了，一种备受污辱的愤慨直蹿心窝。

边区保安处的审查是相当严格的。严格审查，是纯洁边区队伍的需要，是与敌人生死较量的手段。因而对吴波的审讯，也一次比一次严厉。保安处审查人员说吴波有严重问题。他被关到另一个窑洞。这个窑洞很小，竟有七八个人挤在一起。保安处的干部把他送进窑洞时，对大家宣布：在这个窑洞的人都是大特务，如果再不交代问题就要镇压了！他相信了这些话。

那天的审讯，是一种对敌人的口气和问话。回到窑洞，他把自己的东西整理一番，他想这种误解如若不能很快排除，被“镇压”也许就在即日。吴波做好了被杀头的准备。虽然做好了最坏打算，吴波仍抱有一丝幻想，这使他平静了许多。平静，是他明白自己压根儿没问题，相信组织不会误判一个人；平静，是他感到遇到多大的困苦，经受住考验就是光明。他想到了熟悉的两个人。一个是成仿吾，他在大革命失败后，态度一度消极，后来到了苏区，党组织对他有怀疑，不给他分配工作，他经受住了长期考验，重新得到了党的信任。一个是萧劲光，他在第五次反“围剿”时，军事上犯了错误，被撤了职，长征中他背着行军锅跟着队伍走，经受了考验。他想，自己已经是革命军人、共产党员，应该经得起这个考验。经过不断的思想斗争，他的情绪逐渐平静了下来。他清理了自己参加西北军以来接触过的人和事，反复想过自己可能存在的问题，想来想去除了自己的历史复杂和社会关系复杂，容易引起组织怀疑外，想不出其他原因。

一次又一次对吴波的审讯，没有审出什么问题。虽然审讯员说他肯定是特务，却又没有什么证明他是特务的凭据。吴波认为党的政策是实事求是，期望通过审查，组织能把自己的历史搞清楚。

随着运动的发展，他看到受审查的人有四五百人之多。其中有老党员，也有二十多岁的青年，这些人的历史都比他简单。为了清理队伍，这么多人接受审查，也难怪自己被审查，他相信组织上对自己不会采取简单处理的办法。

边区审干的办法，操作上相当严格细致，力求不错怪一个好人，更不放过一个坏人。吴波的经历疑点多，对他的审查更是严而细。审查吴波一遍接一遍，一点又一点排疑，直到1944年审干运动的后期，仍然没有审查出吴波什么问题，边区保安处安排吴波到集训队参加一些临时性工作。先要吴波在窑洞里当管理生产的副组长，又让他当文艺社团京剧研究组组长。吴波是有才艺的，他根据郭沫若的《甲申三百年祭》，与人合作写了一个《李闯王》剧本，并在演出时扮演了主要角色李信。一时，他成了文艺骨干，给大家带来了不少快乐。此时，组织上仍在认真调查他的历史疑点，而结果却是越来越明朗，疑点也越来越小。

不久，边区保安处对仍没有审完调走的人，凡是问题已基本上搞清楚还没有宣布结论的，先恢复党组织生活，并指定吴波在一个小组当组长。这时，吴波才完全消除了顾虑，相信自己的问题可以在保安处搞清楚，不至于在结论上留下尾巴。对此，吴波有说不出的高兴。

1945 年 9 月的一天清早，一阵鸡叫过后，窑洞里透进一缕晨阳，这缕阳光格外明亮，他预感应该有好事找自己。果然，南汉宸准备带领一批干部到前方去工作，点名要把吴波调走。保安处通知他先回财政厅，并告诉他，过几天关于审查他的结论写好了，再叫他去看。这样，他结束了在保安处被审查的生活。

在边区保安处长达两年半的审查期间，吴波没有放弃自己，也没有浪费时间，他把时间争分夺秒地用起来，阅读社会主义革命理论，读共产党有关的政策方针，读文学书籍，他感到接受了有生以来最深刻的思想启蒙。这个启蒙，是从书本上得来的，也是从接受审查中得来的，他感到自己参加革命后没有参加过严格的集体生活，没有在阶级斗争中经受过考验，对组织观念的理解不具体，对敌情观念的认识也很抽象，经过这段极其严格的集体生活，也通过接受审查教育，他在服从组织纪律意识方面得到了增强，脑子里从此有了敌情观念。他认为这两年多的磨难，虽然让他的身心备受煎熬，却让他离军人的距离更近了。

对吴波来说，这些收获都不是重要的，重要的是使他有了脱胎换骨似的思考，更有了清晰的人生目标。他被关押两年半，在痛苦中迷茫过、沮丧过、失望过。他在迷茫中想明白了追求的意义，在沮丧中想明白了生命的价值，在失望中寻找到了希望。

这个痛苦折磨的过程，也成了他彻底转变、彻底放弃的过程。他要放弃什么？他要彻底放弃自我。这“自我”是自我奋斗、追名逐利、光宗耀祖、满足私欲等追逐利益的自我。他要把这些统统抛弃，做一个真切而纯粹的人。他的思想境界得到了升华。

吴波重新审视自己，彻底清算了“自我奋斗”的思想，决意抛却“自我奋斗”的过去。他以“面完达摩十年壁，换得金刚百炼身”勉励自己，下决心放弃私利，不再有自己的小我，终生做一个无产的人，把自己的生命交给壮丽的民族解放事业。

吴波思想的升华，不是热血沸腾的一时冲动，而是有了高远的目标，是看清和拥有了高远美好目标后自我利益的放弃。他深知，只有放弃，才能走向高远的境界。吴波的彻底放弃自我，也不是为了浅显的解脱，而是他对事物和人生有了深刻的认识。他坚信一个人为别人活着、为国家活着，平凡的人生也会闪耀出美好的光芒来。

他的放弃自我，是宽泛的，也是深刻的，是脱胎换骨式的那种放弃：自己是一个平凡的人，不能为自己活着，要为别人和国家活着，这样才有意义；追求名利，不如放弃名利活得轻松；一个人要活得真真切切，说真话，做真事，做真人，才能活出自我，才是人的真实境界；坚信假的真不了，真的假不了；放弃抱怨，宽容别人，使自己走向宽厚。

有了这样的思想和灵魂的升华，他对遭受的冤屈和挫折没了怨言，更没有把蒙冤之事放在心上。从此放在心上的，只是如何让自己今后的路走向高远。

第二章
一段惊心动魄的经历

这是吴波一生中不得不提的事情，也是一段让他最为惊心动魄的经历。

那是 1953 年，国家实施第一个五年计划的大规模经济建设，中央决定召开经济工作会议，对计划做全面安排。吴波按中财委的部署，完成了修改税制的方案，他把拟好的宣传税制改革的社论，送给时任中财委副主任兼财政部长薄一波审定。新税制规定，公营和私营按同一个税率纳税，薄老特意将文中“国营企业和私营企业都要按照修改的税制纳税”修改为“公私一律平等纳税”。不料毛泽东主席认为，公私平等的提法有违七届二中全会的决议，是右倾机会主义的错误，对薄一波进行了严厉的批判。“税制风波”从此一波高似一波。

批判是在一次财经工作会议上。税制改革本是财经会议中的一个局部问题，而批判薄一波的“插曲”，却扭转了会议的方向，形成了重点批判修正税制的会议，时间也由原定的半个月延长到两个月之久。税制问题，成了箭在弦上的政治问题，也成为一时惊心动魄的事件。

吴波在会上本着对工作负责的态度，把官位等置之度外，冒着巨大政治风险，主动站出来，揽过承担责任，实事求是地讲清税制的是和非，差一点引火烧身。

一

事情，还得从税制出台的整个过程说起。

新中国刚刚诞生，税收暂时沿用国民党政府的旧税法征收，比较混乱。国库空空如也，亟须建立新税制。全国陆续解放后，迅速统一全国的税种、税目和税率成为新生政权面临的重要任务。财政部同志夜以继日地研究出台新税制，对原工商税制做修正，争分夺秒地争取早一天实施，希望尽快进钱，充实新中国空虚的国库。

修正税制，关系到商品的出厂价格、批发价格和零售价格，关系到工商、批零和地区之间的利益分配等，是一项触及社会每根神经的极为复杂的事情。为了顺利地推行修正后的税制，必须协调好各方面的关系。时任财政部副部长吴波对这项触及社会敏感神经的大事不敢有半点马虎，力争做到细致如丝。对于拟订的方案，他邀请有关主管部门反复讨论，仔细完善，最后大家认为，新设计的税率和税负同原来相比，基本妥当。

尽管国家各主管部门认可税制修订方案，可吴波提出，还是要更为妥当一点好。为此，吴波组织财政部有关部门，征求全国工商联负责人及工商界知名人士的意见。全国工商联筹委会召开常委临时扩大会议，对此进行专门讨论，吴波到会并解答问题。会后，全国工商联发表了拥护修正税制的声明。这个声明，意味着这项税制方案成熟可行了。

吴波与财政部有关人员加紧完善新税制，要赶在 1953 年元旦前一天公布实施，在元旦春节消费旺季多征些税。

新税制从 9 月财经会议酝酿，到年底出台，仅用了三个多月时间。时间太紧张了，吴波与很多人白天黑夜地干，一百多天没睡过几个好觉。

1952 年 12 月，中财委正式向政务院和周恩来总理汇报这份经过反复研究拟订的税制方案。据薄一波回忆："周总理用了好几个钟头的时间，逐字逐句对方案进行了修改。"12 月 26 日，政务院召开政务会议批准了修正税制的方案。12 月 31 日，财政部党组向中共中央和毛泽东主席呈送了《关于税制若干改革的方案》的报告，对修正税制的主要内容、工商业税条例的若干修改、试办商品流通税、撤并税种、税率的调整等问题做了说明。这个报告在 1953 年 1 月 3 日由中财委党组转报上去。这表明，税制改革方案基本定型并会马上出台。

全社会都在关注修正后的新税制，也为了宣传新税制的实施，吴波主持起草了宣传税制的文章。1952 年 12 月 31 日，《人民日报》发表了题为《努力推行修正了的税制》的社论和《全国工商联筹委会拥护修正税制》的报道。社论论述了修正税制的原因、必要性，并明确表明修正税制是为了“保税”而不是“加税”；还提到修正了的税制继续保持“公私一律平等纳税”的原则，并说明国营商业、合作社和私营商业在按税法规定纳税上处于同等待遇等，以消除疑虑，使新税制顺利实行。

新税制随后发布。新税制发布后，调整了部分商品的价格。但是，由于商品流通税的实施细则没有同时公布，商人对各种商品的税率如何调整及纳税手续欠缺了解，致使商人不敢放手经营，市场在短时期内发生了混乱现象。

各地情况反映像雪片似的飞向中央。河南财委向中央报送了《公布税法修正后的问题》，山东分局向明等人报送了《在执行新税制过程中物价调整草率造成市场混乱情况》，北京市委和天津市委分别报送了《新税制施行的反映报告》和《新税制公布后的市场物价情况》，等等。这些报告反映了在执行新税制过程中遇到的困难和问题，认为“在执行新税制当中物价的调整过于仓促草率，因而造成了市场混乱”。各地反映的问题越来越急，也把问题说得越来越严重。

这些报告引起了毛泽东主席的重视。1 月 15 日，他写信给周恩来、邓小平、陈云和薄一波，信中写道：“新税制事，中央既未讨论，对各中央局、分局、省市委亦未下达通知，匆率发表，毫无准备。此事已在全国引起波动，不但上海、北京两处而已，究应如何处理，请你们研究告我。此事我看报始知，我看了亦不大懂，无怪向明等人不大懂。究竟新税制与旧税制比较利害如何？何以因税制而引起物价如此波动？请令主管机关条举告我。”

从信中可以看到，毛泽东主席的批评，主要是针对修正税制没有经过中央讨论而发表，以及事先没有经过其审阅。薄一波看到信后，心情半是沉重，半是茫然，他说毛主席“词锋甚严，显然事出有因”。薄一波预感到，新税制将会有风波到来。

根据毛泽东主席的意见，财政部税务总局派出若干个小组，分赴各大中城市进行检查，吴波与工作组人员对问题做了深入的了解。他们在了解问题的同时，对新税制中出现的较大缺陷采取了补救措施，为纠正出现的问题取得了经验。

了解与解决问题的过程中，似乎好办法就自然而然地有了。1953 年 2 月 10 日，财政部吴波、商业部姚依林和粮食部陈希云联名写信给毛泽东和党中央，就修正税制的目的、新税制对物价的影响和在执行过程中发生的问题等做了说明。此后，吴波又向毛泽东和政治局汇报了修正税制的内容、出现的问题和解决的办法等。但毛泽东的这次批评更为严厉，认为新税制违背了七届二中全会的决议；修正税制事先没有报告中央，可是找资本家商量了，把资本家看得比党中央还重；得到资本家的叫好，是右倾机会主义的错误。

毛泽东主席的这次批评，比1月15日信中的语气更重，并且把修正税制提到了路线错误的高度，大家顿时震惊。

吴波没想到对修正税制的批评越来越严厉。经毛泽东提议，中共中央于1953年6月13日在北京中南海召开了全国财经工作会议。会议的第一项议程是讨论财政问题，一开始就集中到对新税制的讨论与批评。会议的其他两项议程，即第一个五年计划问题和利用、限制、改造资本主义工商业的问题，都没有深入展开讨论，新税制成为会议的中心议题。会议原定开半个月，结果却开了足足两个月。

7月13日下午，在扩大的第十五次领导小组会议上，薄一波做了第一次检讨。但是，会议气氛立刻紧张起来，薄一波也就成为“桌面上斗争”的集中目标。此后，从7月14日到25日，连续召开了八次扩大的领导小组会议，对薄一波进行批评。8月1

日，薄一波又做了第二次检讨，承认修正税制违反了七届二中全会的决议，是对资本主义经济限制和反限制的“原则性错误”，并且没有经过政治局讨论，是“分散主义”，“在组织上也是错误的”。薄一波就新税制问题进行检讨，而高岗、饶漱石借机发难，大搞“批薄射刘”，使会议偏离了方向，也使会议气氛急剧升温，薄一波这次检讨仍然没有过关。

讨论和批评新税制，成了财经会议的中心问题。吴波意识到，毛主席对税制批评的调子越来越高，调子高得让他几乎有点反应不过来，税制修正的政治热度眼看成了一团火。“税制风波”初期，吴波认为税制改革仅是个业务上的具体问题，根本没意识到在这次会议上发展为上纲上线的政治问题。随着会议的进展，调子越来越高，他坐不住了，他感到修正税制的具体方案是由财政部拟订的，他应当承担这个责任；薄一波只是负领导责任，应当向中央说明真实情况，即使修正税制有错，也不该把错归到薄一波头上，这样不是实事求是。在这样的政治空气里，面对毛主席的严厉批评，吴波也知道，自己站出来说真话，主动出来承担责任，会有巨大风险，但他还是向周恩来总理写了一张字条，请求发言。他说，修正税制从开始到出台，都是他一手办的，主要错误在他，薄一波同志只负点头的责任……吴波的发言，实则是替薄一波揽错，虽然毛泽东主席当时不在场，但吴波的发言，会后就有人报告给了毛主席。给毛主席报告时，那个人是怎么说的，吴波不得而知。

在一次批判薄一波的大会上，毛主席拍着桌子，声调很高地批评薄一波和吴波说：“一波未平，一波又起！”

没料到毛主席对吴波的主动揽错动怒了。毛主席批评吴波的话音落下，会场顿时静得一丝声音也没有了。大家意识到吴波揽错的事已成了不小的问题。不知接下来会发生什么，人们为吴波捏把汗。吴波也意识到，他的揽错，成了件大事情。

毛主席动怒批评吴波，并不是吴波揽错有多大问题，也不是跟薄一波过不去，动怒是有缘由的。毛主席认为税制应该有利于逐步消灭资本主义的私有制，壮大发展社会主义的公有制，而薄一波“公私一律平等纳税”的提法，把公和私放到了同等地位和待遇上，这与当时毛主席的政治思想相背。

在会议上，高岗又从中发难“批薄射刘”，矛头指向了刘少奇，把税制问题无限上纲；由于在工作中中央和地方存在一些矛盾，有些同志有一些不同的意见。所有这些因素，都成了导致产生“税制风波”的推力，把问题搞得越来越复杂，帽子越来越大，气氛越发紧张。

毛主席动怒批评了吴波，吴波会放弃坚持说真话吗？吴波没有把自己的安危放在前头，他虽然讲究策略，接受了毛主席的批评，但他仍然坚持要说真话。在扩大的第二十四次领导小组会议上，吴波再一次做检讨。他明白，毛主席批评“泰山压顶”，自我检讨还是要做的；而在检讨中，他仍然坚持认为新税制保了税、多收了税。当有人不同意说新税制保了税时，吴波以不容置疑的口吻反复强调说：“我们以为确是多收了税。”“计算起来，还是多收了税。”“犯了错误，不管受什么处分，我说，还是多收了税。”他在检讨中，不放弃讲真话、求真实。

而批评还在继续进行。经过近两个月的严厉批判，毛泽东认为问题已经基本解决，会议应该结束了。他在会上发脾气上纲是认真的，问题讲清了从宽处理也是认真的。

为了缓解会议的紧张气氛，尽快把结论定下来，在周恩来汇报时，毛泽东出主意把在外地休养的陈云和邓小平请回来参加会议。

在第二十九次扩大的领导小组会议上，陈云对薄一波和修正税制做了发言。陈云明确指出：“解放以后，到去年为止，加工订货、代购代销的比重逐渐增加。这样一来，就相对地减少了买卖关系，税收也随之减少，需要想办法来补救。在这种情况下提出新税制是有理由的。但是采取什么办法应该考虑。新的税制对税收减少缺乏分析，因此提出的补救办法是错误的。新税制的错误，其结果是很明显的：不利于社会主义经济，有利于资本主义经济。”

针对有些人提出的中财委存在两条路线的问题，陈云说：“我以为在工作中个别不同意见是不会没有的，在一起做了四年工作，如果说没有一点不同的意见，当然不行。这些意见，也不能说他的都是错误的，我的都是对的，也不能说他的都是对的，我的都是错的。总的说起来，我在今天这样的会上不能说中财委有两条路线。”

邓小平回到北京之后，表示赞成对薄一波的批评，但并不赞成把薄一波在工作中犯的错误当作路线错误。陈云和邓小平的发言对当时的会议气氛起到了降温作用，有利于统一意见、得出结论。

在全国财经会议即将结束之际，中央政治局于 1953 年 8 月 10 日晚讨论了周恩来的结论报告，并进行修改。此前，毛泽东曾对结论有关段落进行多次修改，其中加写了他概括的关于过渡时期总路线的比较完整的提法，并在引述中共七届二中全会决议第四段论述即“同私人资本主义进行限制和反限制的斗争”的内容之后，加写了这样一句话：“以薄一波同志为代表的若干财经工作干部在对私人资本主义所犯的错误是直接违反上述规定的。”但把凡是说薄一波犯了“带路线性的右倾机会主义错误”之处，都删去了“带路线性”四个字。8 月 11 日晚，周恩来在会议的结论报告中指出："修正税制实施的结果，使税负公重于私，工重于商，打击了工业，特别是落后工业，帮助了私营商业，特别是大批发商，并使市场一度混乱，造成群众不满。这样，就有利于资本主义经济，不利于社会主义经济和半社会主义经济"，"是违反党的二中全会决议在这方面所规定的原则的错误"。

在 8 月 12 日的会议上，毛泽东做了进一步的总结。他指出，"新税制发展下去，势必离开马克思列宁主义，离开党在过渡时期的总路线，向资本主义发展"，新税制的错误"是思想问题，是离开了党的总路线的问题"，应该批判薄一波"有利于资本主义，不利于社会主义"的资产阶级思想，资产阶级"精神的糖衣炮弹打中了一个靶子，就是薄一波"，"宣传新税制的社论，资产阶级拍掌，薄一波高兴了"；为了解决这些问题，"关键是巩固集体领导，反对分散主义"。

二

新税制掀起了巨大风波，是吴波压根儿也没有料到的。鉴于对修正后的税制的上述批评，财政部会同有关部门，对新税制进行了重新调整，且争分夺秒落实，纠正了新税制所确定的"公私一律平等"的纳税原则，加快了对私营经济的改造。

1953 年 2 月 20 日，政务院财经委发出了修正税制后国营企业纳税若干具体问题的规定，明确指出：国营工矿产品应按中财委核定的调拨价格核税，全部税款由生产部门负担；调拨给商业部门的，一律按国营贸易公司批发价格核税，生产部门只负担原核定价格内所含的税款，其余部分由商业部门负担。对于合作社，新税制曾规定对代购、代销或包销，一律按进销货计税。

随后两条规定发出，税务总局发出了合作社代理购销及经营农产品纳税问题的通知，区别不同情况，也改变了规定。财政部发出了批准不纳营业税的私营批发商自 8 月 1 日起一律照纳营业税的通告，恢复了对私营专营批发商的征税；同时，也恢复了对小型工厂和非全能工厂的照顾，并重新加强了对商业的限制力度。两条规定力图迅速纠正新税制带来的不利因素。这个纠正的收效立竿见影，税制政策的偏差很快被校正了。

新税制的偏差是扭过来了，而问题却已上纲上线。1955 年 8 月，在全国税务会议上，吴波再次做了深刻检查，他把责任全部承担下来。他为什么把全部责任揽了下来？他不是为了保薄一波才站出来承担责任，而是他认为，新税制是他搞的，他应该负责。

1953 年 8 月，周恩来在全国财经会议上所做的结论指出："税收任务：一方面要能更多地积累资金，有利于国家重点建设；另一方面要调节各阶级收入，有利于巩固工农联盟，并使税制成为保护和发展社会主义、半社会主义经济，有步骤、有条件、有区别地利用、限制、改造资本主义工商业的工具。”“税收政策：对公私企业应区别对待，简繁不同。对公私合营企业应视国家控制的程度逐渐按国营企业待遇。”这样，新税制所规定的公私平等的观念被否定，恢复了对公营企业和合作社的税收优惠和扶持。

“税制风波”从一项政策发展到上纲上线，很快又成为重大事件，无疑有它的深刻复杂性。从一般工作问题上升到路线错误，在薄一波面临危机的关键时刻，吴波主动承担错误，使得毛泽东主席动怒，几乎引火烧身，是吴波政治上不够成熟，还是他的胆子太大？都不是。吴波是个思想缜密、做事精细、从不出风头的人，但也不是个天不怕、地不怕的人，他历经了风雨动荡的旧社会，也经受了枪林弹雨和世事沧桑，那他为什么在那样危险的时候站出来承担错误？这是由于吴波的灵魂里坚守“真”，那是根深蒂固不能动摇的。在他看来，税制是财政部拟定的，他吴波有责任，要把这个错转移到国家领导人薄一波身上，不符合事实；薄一波的责任，他认为是领导责任，不是直接责任。因而吴波即使面临丢官坐牢，也要扛着一个“真”，也要把真话说到底。这就是“税制风波”中的吴波，也是一生中为求真什么都可以丢掉的吴波。

三

世上的任何事情都有它的缘由，就像水有源、风有头、火有种一样。修正税制这项财税工作最终酿成大的风波，也是有根源的。这个根源，当时谁也看不明白。

吴波后来才明白，1953年修正税制风波，是在毛泽东考虑和酝酿过渡时期总路线过程中发生的。原来在中华人民共和国成立后不久，毛泽东提出关于过渡时期总路线的设想，准备向社会主义过渡，但这并未成为党的决议，仅限于党内高层知道，薄一波也许并不清楚，吴波更不清楚。在毛泽东看来，公私问题涉及如何向社会主义过渡的大问题，亦即如何对待私人资本主义的问题。而被贴上“公私一律平等”标签的新税制却还是继续沿着新民主主义的轨道前进，这与毛泽东的设想背道而驰。

当然新税制修正中的缺点也是明显的，虽然新税制确实起到过保税、增税的作用，但也有操之过急、工作过粗的毛病，有些具体条文修改得不适当，致使两千多户被合理批准免缴批发营业税的专营批发商得到了一些便宜，工厂税负相应增加，个别商品也因实行新税制而提了价，以致在很短的时间里确实引起一些混乱等。吴波面对受到的严厉批评虽有看法，但他感到税制修正工作中确实存在一些严重缺陷，自己是有责任的。

这次“风波”的根源，在于修正税制实行“公私一律平等纳税”，而没有区分国营经济和私营经济的不同性质，以及国家对这两种经济成分的不同政策。对新税制的批评，实质上也就成为在全党范围内进行的、第一次关于过渡时期总路线比较集中的讨论，也预示着我党对私营工商业政策的转向。

对于那场税制改革风波的是是非非，吴波多年来从不提。只是1990年11月25日，薄一波写解放初期税制改革的文章，请吴波谈意见时，吴波说，修正税制方案是他搞的，责任在他，不能落到薄一波身上。他还说自己不去翻旧案，要翻由中央去翻。在薄老一再要求下，吴波对当年税制改革谈了看法——

薄老写这样一篇文章，我是赞成的。写，就要恢复历史本来的面貌。解放以来工作中就有“左”的东西，批了修订税制以后，“左”上加“左”。一波同志讲，影响很大，是对的，它大大缩短了过渡时期的时间。原定“三大改造”的过渡要十五年左右，结果只花了三年时间就结束了。陈云同志讲解决资本家的办法很多，只是时间还没有到；商业部担心资本家躺倒也是有道理的。澄清历史事实，恢复修订税制这个问题的本来面貌，中央若有这个打算，写出作为内部材料是有好处的。这件事只有一波同志合适。

在财经会议上出现上纲上线，这件事在“高饶事件”之后问题都清楚了。整理《毛泽东选集》第五卷时，不应该再收入主席在会上的那篇讲话。收入的目的是针对一波同志的，这个看法我在中纪委召开的一次会议上讲过，并上了简报。

修订后的新税制的原则是对的，缺点是为了抢时间在1953年春节前出台，想多收一点税。由于出台过急，配套的政策没有跟上，引起了一些矛盾，后来都及时补救了。

我在会上做检查时，说过上纲的话，那些都是大会修订税制修正小组批判时讲的话。当时小组里的调子很高，但我不得不接下来。一是毛主席定了调，泰山压顶没有申辩的余地；二是各方面意见都很尖锐，地方上的同志为批判组织的一些材料又无法核实，难以把问题讲清楚；三是修订税制出了问题主要是我的责任，不能都推到薄老身上，看到大家批薄老，于心不安，我应当站出来承担我应该承担的责任。

修订后的新税制不存在打击工业，也不存在打击国营企业的问题。过去流通环节收工业货物出厂、商业批发和零售环节三道税。后来生产发展了，流通环节起了变化，有的工厂直接和零售商见面，使商业批发这一道税往往收不上来。为了保住税源，新税制把商业批发这一道税改到工业出厂时收，同时用提高出厂价格来调整工业和商业批发的利润。不存在挤了国营企业、压了工业的问题。缺点只是在实施过程中为了抢时间赶着出台，使相应的价格调整没有配合好出了毛病。但不是什么右倾的问题。

和资本家协商办税是一波同志在全国第三次税务工作会议上提出来的，毛主席是赞成的，毛主席曾夸奖过一波同志提出的协商办税是个好办法。所以这一次修订税制我们也邀请了全国工商界的头面人物一起协商。那时候党的威望很高，我们提出的政策工商界都是拥护的，尤其是“三反”“五反”刚刚结束，资本家心有余悸，更不敢说三道四。新税制实施堵住了他们逃税、漏税的口子，实际上他们比过去是多交了税，但他们不得不赞成，根本不是什么迎合了资本家的需要，不存在右倾的问题。

“公私一律平等纳税”，这个口号当时不提好，提了也没有什么大问题。因为那次修订税制是针对着流通环节的，货物一上市，公私就很难区分了。它不同于所得税，只能对物不能对人，税制修订前是这样执行的，税制修订后也只能这样执行。修订税制和中央各有关部门都充分协商过，并通过财政会议和税务会议与地方的同志多次共同酝酿过。

文章后几部分写了一波同志当时的一些看法和思想活动，都是很真实的，对理解事情的发生和本末是有益的。但我担心会不会引起一些误解，可否就税制修订这件事，用订正事实来加以说明，恢复它的本来面貌。

不是薄一波请吴波谈对修正税制的看法，也许吴波永远也不会写出这样的文字。因为在财政部的任何场合，吴波从没提过修正税制中的他，没有提过替薄一波承担责任的一句话，更没有抱怨他在这场风波中受到的个人伤害。在他看来，抱怨和指责别人，用这件事抬高自己，与他做人是格格不入的事情。因而，这封信里，同他在税制修正风波的火热场面中一样，说话真真切切，观点从一而终，没有怒气，没有抱怨，更没有牢骚。他的口吻里，对修正税制出现问题的看法依然如故，对毛泽东主席充满着敬爱，对税制修正风波的政治倾向带来的伤害表现出宽容。所有这些，反映出吴波坚守“真”而不移，反映出吴波大海一样宽阔的胸怀。这守“真”的不移和宽阔胸怀，使得吴波讲这次风波时才能如此平静。

修正税制风波后来成为一个事件，吴波讲真话，直言不讳，有的人对此大做文章，给他带来了政治和人生的危机，甚至带来了“文革”中的批斗等灾难。人们以为，经过了这大灾大难的教训，吴波一定不会再那样说真话了。恰恰相反，吴波还说真话，连半点假话也说不出来。这让一些人感到，吴波是个“怪人”。有这样看法的人，是他们不了解吴波。

第三章
“重要任务”交了白卷

在“文化大革命”前期，有一个闻名于世的“桃园经验”，它给农村开展“四清”运动提供了政治味浓厚、方法独到的经验做法。这件事情跟吴波有什么关系？与吴波有关系又没关系。“有关系”是他参与了这件事，“没关系”是他保持了清醒的政治头脑，也保持了一个人的良知与正派。尤其是在权势与良知之间，他选择了后者，从中折射出他完美的人格和高贵的灵魂。

“桃园经验”是1963年11月，在河北省抚宁县卢王庄公社桃园大队开展“四清”运动中总结出来的。“经验”的主要内容是：先搞扎根串联，访贫问苦，从小到大逐步组织阶级队伍；然后开展背靠背的揭发斗争，搞“四清”；再集中地和系统地进行阶级教育，开展对敌斗争；最后进行组织建设。“四清”的内容已经不只是清工、清账、清财、清库，而是要解决政治、经济、思想和组织上的“四不清”。当时中共中央对此经验的批示认为，“桃园经验”是在农村进行社会主义教育的一个比较完全、比较细致的典型经验总结，在许多问题上有普遍性，值得在全国推广。

“桃园四清”是速成的经验。1963年夏天，河北省委已经在唐山专区抚宁县卢王庄公社蒲蓝大队搞过了“四清”试点。同年冬，根据省委的指示，卢王庄公社桃园大队“四清”工作参照蒲蓝大队试点的经验，由中央工作队接着试点总结出的经验，一时成了中央抓的头等大事。

“四清”运动不仅在方式上“左”的色彩很浓，在内容上，也完全受已经形成的“左”的理论的支配，将阶级斗争突出到前所未有的程度。在理论上极力强调阶级斗争在运动各项具体内容中的中心地位和重大意义；在运动的实践中，则把展开阶级斗争和“夺权”作为中心内容。而作为全国“夺权”典型的河北省抚宁县卢王庄公社桃园大队的所谓“反革命两面政权”，即产生于以上背景中的社教运动。

中央工作队拟订的“四清”方案大体分几个步骤：先搞扎根串联，讲“双十条”，初步组织贫下中农的阶级队伍；然后搞“四清”，“洗澡放包袱”；再搞对敌斗争；最后搞组织建设，掀起生产高潮。

工作队人员进村后，公社向他们介绍，桃园大队是一类队，支部书记吴臣是贫农，忠实可靠，“‘四不清’的问题大概没有”。“只有一个民兵连长、治保主任关景东，被清出200块钱的问题”。进村以后，支部书记给工作队介绍情况：“小小不言的，有些多吃多占和浪费，贪污盗窃、投机倒把保证没有。”“现在主要问题是，关景东的200块钱，到现在只退了100元，那100元他不愿意退，一直拖着。”

工作队决定“把真实情况了解清楚”。首先发动群众，第一次向群众讲“双十条”到了370多人。群众开始有顾虑，工作队就采取分组讨论的办法，把党员、团员、干部分开单独讨论，群众按队分组讨论。但群众还是有顾虑，工作队就先组织少数积极分子开会，逐渐扩大范围，从小到大。根据群众要求，又搞了意见箱。

经过这样背靠背开会，基层干部开始感到有了压力，有些干部开始交代问题。工作队认为这里的干部有几类。一是真劳动者出身，问题能谈透，敢于自我革命，如关景东。二是出身也还好，就是不敢讲，受人控制。三是对工作队表面嘻嘻哈哈，实际上抵触很大，如支书吴臣等。

于是工作队认为“问题逐渐暴露，斗争日益尖锐，‘四清’和‘四不清’的斗争，确实是包含着严重的阶级斗争”。基于这种认识上的偏差，工作队开始“选根子”，支部提了26个“根子”，工作队只选用了14个，又自行发展了11个。经过半个多月，各生产队组织了贫协小组，大队建立了贫协筹委会，工作队宣布“四清”正式开始。工作队采取边“洗澡”、边揭发、边查账、边查证的办法，同时让基层干部自觉“洗澡”、放“包袱”，自觉“下楼”。

“四清”开始时，工作队开了公社三级干部会，然后让桃园大队干部“洗澡”，也互相“搓澡”。但工作队觉得吴臣“不老实”，“严重的问题都不交代”，给工作队“制造麻烦，混淆是非”。

经过三次放“包袱”高潮，本来应该作为人民内部矛盾处理的吴臣被无限上纲：“吴臣想把持桃园的领导权，想要复辟，他要推翻‘四清’和对敌斗争的革命成果……由宗派斗争发展到反党程度，由人民内部矛盾转为敌我矛盾”，“吴臣是钻进党内的坏分子。过去他所领导的桃园支部……‘打着共产党员旗号，办的国民党的事’。吴臣实际上是钻进共产党内的一个国民党分子”。可笑的是一直到工作队撤出，仍承认“还没查出他和国民党有组织联系，也没有查出他与反动组织或特务组织的联系”。即使是这样，依然咬定“我们没查出来，并不等于就没有这种可能性”。最后，公社党委批准把吴臣清除出党，而且同意定他为坏分子。

以上处理结果，却形成了河北省委工作会议上的报告《一个大队的社会主义教育运动的经验总结》。“桃园经验”在全国介绍推广后，中央一位领导要某部委从各部委报名去“四清”的干部中物色几名有工作能力的干部去抚宁地区，巩固桃园“四清”成果并发展“桃园经验”。最后从推荐的几个人选中挑选了吴波。曾主持“桃园四清”试点的领导夫人多次约吴波长谈，领导也召见吴波并交代任务，还授予他一些机动处理人事的权力。

吴波积极报名参加“四清”是响应党的号召，到基层深入实践、提高认识水平、锻炼工作能力。接到领导的委托，吴波认真做了准备。但是在下面具体实践的过程中，吴波发现在“桃园四清”的“夺权”和对一些村干部的处理上，存在着过“左”的东西，在运动的过程中存在逼、供、信等极端的方法。他觉得“桃园四清”中的这些做法，已经走到极其左的方向，这样的经验总结和推广会产生严重后果。总结这样的经验，实则就是说假话、做假事，酿造灾祸。做这样的事，有悖于他做人的原则；可是不做，难以完成领导委托他发展“桃园经验”的重任。总结经验，是领导交代的任务；而不总结经验的后果，是抵触，还会被认为是抵抗，要面临巨大政治风险。怎么办？吴波选择了实事求是，不总结。于是，他在向领导汇报时说，自己和下去“四清”的多数同志一样，没有什么值得总结的经验，向领导交了一份白卷。

交了白卷的结果，虽然没有带来政治迫害，但领导对他是失望的。虽然让领导失望了，吴波的心却很坦然，他没有说假话、做假事。

这件事情似乎已经过去了，而没想到后来有人要做文章，要置他于死地。

“文革”中，造反派批斗吴波，说吴波如若不是黑线人物，为什么那位领导要从那么多干部中挑选他去发展桃园经验?！要给他戴“党内最大的走资本主义道路当权派走狗”“反党分子”“黑帮”的帽子。周恩来总理在一次接见造反派时，他们再一次提出吴波在抚宁发展“桃园经验”的事，要给吴波戴“帽子”。周总理说：“既然吴波发展了‘桃园经验’，是否把他搞的‘经验’拿出来看看！”结果是，造反派一个字也拿不出。

吴波又一次逃过造反派一劫，不是吴波幸运，而是吴波追求讲真话、做真事、做真人的结果。如若把官位、权力、虚荣看得太重，吴波必然会趋炎附势，随波逐流，假话连篇，为“桃园经验”妙笔生花、添光加彩的。吴波的“真”，他的坚守，是可以超越任何权势、地位和名利的。

第四章
那些错都是我的错

这是又一次坎坷，也是又一场磨难。这次坎坷和磨难像一场迅猛的风暴，铺天盖地而来，没有防备，没法躲闪。“文革”的到来，无疑是吴波人生中又一次很大的灾难，也是一次更大的不幸。

这场灾难的核心，是制造颠倒黑白的人间故事。劫难到来，吴波在所难免。他有旧社会的经历，又在财政部副部长要职上，他成了造反派在财政部的重要目标。

那些年月的白天夜晚，是邪恶者编织罪名的日子。北京三里河不平静。财政部墙上每天贴满了大字报。虽然写这些大字报的大多数人是被形势所逼，但也有一些别有用心的人。唯有给吴波贴的大字报写得很卖力，罗列的罪状一张比一张多。吴波上班从这些大字报前走过，起初只是粗略看看而已。后来贴得多了，火药味也越来越浓了，吴波从大字报前走过，连看也不看，好像墙上的东西在他眼里不存在。造反派看他不怒不恼，脸上平静得没事似的，后来竟然连看也不看了，他们很生气，就在大字报贴上墙的同时，派人给他送去，逼他看。而吴波看都不看，扔在一边，该干什么就干什么，气得造反派咬牙切齿。

给吴波的“罪行”“帽子”在紧锣密鼓地编织着，且是精心给他量身定做的。随着运动的深入，“帽子”一顶接一顶戴在了他头上，且一顶比一顶大。吴波把这“帽子”接下来，又把这“帽子”扔出去。在这场闹剧中，吴波仍然坚守着他的“真”，无论怎样逼他讲假话、做假事，都是绝对不行的。

1967 年 1 月 24 日，财政部造反派把主持财政工作的吴波打成所谓的“刘邓司令部的黑干将”，并宣布要夺财政部的大权。一时间，揭发吴波“罪行”的大字报，雪片似的飞了出来。

有一张铅字打印、纸已发黄的大字报，是财政部一个造反派写的，从这张揭发吴波“罪行”的大字报里，可以看到那时吴波处于什么样的境地：

刘 ××、陈 ×× 同志并财政部革命造反司令部：

在 1 月 7 日，我写了一个揭发先念同志的材料，现在再将有关吴波的问题做下述揭发。

吴波干过几件事，有的是有组织的行动，有的是个别的行动，其性质是和反党集团勾结，进行反党活动。

……吴波被刘少奇选中在1964年冬到抚宁县去“四清”，和刘少奇直接联系，是特派员，这件事本身性质是刘少奇派出亲信去巩固和推广王光美的“桃园经验”，其目的不外是在廿三条公布以前，对王光美的“桃园经验”做一些堵塞漏洞进行修补处理善后的巩固工作，按后十条的精神加以推广，在廿三条公布以后，也不能不顾廿三条把王光美这个桃园坏经验掩盖过去……当特派员的人，首要的条件是要忠于刘少奇个人，不忠于毛主席制定的廿三条，才能完成任务。所以，第一个选中反党分子蒋南翔去，因他有事不能去，才又选中吴波去。事实证明，吴波在完成刘少奇的任务上立下了功劳，但同时也证明了他去执行了刘少奇形“左”实右的私活，违反了毛主席的廿三条。

在刘邓问题未被揭发以前，吴波不向中央报告，虽然也很不对，但还情有可原，却推脱说是接受刘（少奇）的工作任务，是一般的工作关系。现在刘邓问题已揭得很深，王光美的“桃园经验”是棵毒草已尽人皆知，吴波被派去巩固和推广这个坏经验，是接受刘少奇的私任务，对抗廿三条的私活动，吴波却说与刘少奇是一般的工作关系，不想和刘少奇划清界限，已暴露出他是刘家的干将，很忠于刘少奇个人，不忠于毛主席和廿三条。

……在1953年财经会议批判薄一波，吴波表现得对薄一波很忠诚，有过错往自己身上揽，不往薄身上推，来掩护薄一波。

把以上几件事联系在一起看，吴波的行为一是和安龚反党集团勾结，同流合污进行有组织的反党活动；二是做刘少奇的亲信，违反廿三条，去完成刘少奇的私任务，不是一般的工作关系；三是和彭真勾结，利用职权违法乱纪；四是和薄一波有私人关系。这些材料，已够说明他“反”字难逃。

……在肯定财政部在毛主席正确路线的指引下，取得了应有的成绩这一前提下，确有下述事实，证明吴波在十几年来，曾多次追随刘邓（及其同伙）反动路线，反对毛主席的正确路线，是走资本主义道路的当权派。

第一，在1953年毛主席提出对私营工商业限制利用改造的政策，薄和吴波则提出“征税公私一律平等”的原则来对抗。毛主席提出从1953年起开始第一个五年计划，搞经济建设，薄一波和吴波立即在当年打了一个动用上年结余30亿的赤字预算，对工农业的发展起了很坏的影响。毛主席提出要执行统一领导分级负责发挥各方面积极性的原则，薄和吴波则只强调“统一”，不重视地方党委，并凌驾于各部之上，违反毛主席的指示。

第二，在1954年，邓小平用鱼目混珠的手法，以六条具体措施冒充方针来和毛主席的“发展经济保障供给”方针对抗，引起很多财政干部的不满，但李先念和吴波则很迷信这六条，不理会干部的不满情绪，反而进行压制性地说“你们不要怕失业怕没事干，按六条办没错”，直到十年以后的1964年研究财政体制改革时，还把这六条印出来作为指导方针。

第三，在1956年，毛主席在听财政部的汇报时有重要的指示，如“要注意勤俭节约，自力更生发展经济，要注意发挥各方面的积极性，使大家都关心财政工作，不要尽搬外人的东西，要总结自己的经验走自己的道路”等，并且在听了各部汇报以后，提出了“十大关系”的重要文件，财政部对这些未进行很好的学习和讨论，但对薄一波在八大的发言稿则进行了热烈的争论。这说明，吴波忽视主席的指示，对薄一波的观点则极力宣扬鼓吹。

第四，在1957年，吴波随先念同志到南宁开会带了两个材料，一个是按陈云具体布置搞出来的“商业退利、税制改革方案，一个是有关1956年总结经验搞出来的那一套”。“职工多了三百万，又加上调整工资，增加了城市市场的压力，多投放了廿亿农贷，基本建设搞多了，又加上一个生产资料降价”，这是说吴波积极追随陈、李，搞“反冒进”。到了南宁，在毛主席严厉批评了“反冒进”的错误后，这两个材料都未敢拿出来。但回来以后，只传达了毛主席的批评，未进行很好的讨论，还是反复申述那一套具体观点，来抵制毛主席的批评。

第五，1962年西楼政治局会议，刘（少奇）、邓（小平）、陈

（云）、李（先念）都大吹冷风攻击三面红旗，是一次大暴露，吴波是最积极活跃提供子弹的人物，一是为陈云准备农业材料；二是提出赤字预算；三是提出历年财政亏空，把矛盾都集中在财政上表现；四是提出管理混乱情况。总之，不是什么上面指示，下边照办，而是自觉地、积极地提供子弹，给刘、邓、陈、李大吹冷风提供攻击三面红旗的子弹。

…………

×××

1967 年 1 月 30 日

这张大字报，桩桩事情，描述得活灵活现；桩桩事情，都可置吴波于死地。

吴波看着这份满纸颠倒黑白的谎言，有点心惊，却也镇定坦然。能不惊吗？“文革”运动如火如荼，造反派气势汹汹，许多被诬陷的老革命，不是被革职罢权，就是被打成罪人。吴波怕的不是丢官，怕的是把财政部搞乱了。他也痛心财政部个别人为了往上爬，连人格、人品、道德都抛弃了，变成了说谎话、作恶的打手。但他又镇定自若。虽然造反派这张大字报罗列的罪状看上去像那么回事，可本质上是捕风捉影、无中生有。他仍然坚信，真的假不了，假的最终真不了。

造反派要把假的想法做真。他们逼迫吴波交代历史问题，要吴波老老实实交代揭发他的“大字报”上的每个问题，不得隐瞒，若要隐瞒死路一条。吴波说：“我参加革命前对人民是有罪的；但到革命阵营之后，我是浪子回头金不换，你们可以查。”造反派认定吴波历史上是有罪的。吴波幽默地抖出“参加革命前对人民是有罪的”这个“包袱”，让造反派喜出望外，断定吴波参加革命前必定有罪，便兴师动众地查他的历史问题，他们东奔西跑，查得相当起劲。造反派调查忙碌一番后一无所获，大量事实证明，吴波到革命阵营之前是无罪的，而且是有功的。

审问仍在继续。造反派断定吴波在修正税制上反党反社会主义、反对毛主席，要挖出背后指使他的“黑手”，要他揭发李先念的严重罪行。吴波说：“修正税制的事情是我办的，出现的错，是我的错；你们指责李先念的罪行，那些事都是我经手办的，有错也是我的错。”造反派面对软中带硬、“不识时务”的吴波，恼羞成怒。

审问在加剧。造反派训斥吴波：“大字报上揭发的问题要交代，人民群众揭发的问题也要交代，一件也别想漏过去！”他们给吴波限定了如实交代的时间，如若过时不交代清楚问题，就要采取措施了。这措施，还会有什么？当然是动手打人了。吴波当即告诉造反派：“没什么好交代的，你们想怎么样就怎么样吧！”

气得造反派几乎就要对他动手了。

吴波清楚造反派的用心。他们打倒他吴波更主要的目的是打倒李先念。造反派一次又一次批斗吴波，让他揭发李先念的问题，吴波拒不开口。

造反派对吴波说，再不老实交代，就要对他动手了。吴波仍然沉默。造反派终于按捺不住愤怒，对吴波动了手。造反派对吴波打得有多狠，吴波没告诉过任何人。秘书发现，那些被整的日子里，吴波身上有很多紫色肿块。面对造反派强烈的攻势，有的人选择了“归顺”，造反派让说啥就说啥，让干啥就干啥。这些人违心的话、丧尽良心的话都说了，违心的事、丧尽天良的事也都做了，不知给多少人造成了巨大的伤害。吴波面对这些丧尽天良的人，既心痛，又感到惋惜。

出卖与策反，一刻也没有停过。仍有人动员吴波说：“现在都在造反夺权，你当了这么多年财政部副部长，要起来造反，揭发李先念的问题，那你就会前途无量的。”吴波说：“财政部的大事情都是我参与做的，有错也有我的份，怎么能都推到李先念身上？！我这种人，是没有资格造反的！”

造反派将矛头对准李先念，要彻底打倒李先念。而李先念在周恩来身边协助总理工作，造反派虽贴大字报炮轰，但抓不到他本人，于是姚依林和吴波就成为财贸口造反派斗争的主要对象。吴波明白造反派的野心目的，无论造反派怎样斗他，他都从容面对。

造反派在财政部值班室里翻箱倒柜，到处搜索会议记录、档案、各种材料。他们拿着“材料”要吴波揭发李先念，喊叫让他交代李先念某某问题时，吴波总是很坦然地说：“这个问题先念同志不知道，这件事是我办的。”造反派又提出另一个问题，让吴波交代李先念的问题。他还是不慌不忙地说：“这件事，当时是我定的，与先念同志没关系。”造反派提出了许多问题，无论怎么质问，吴波总是说：“这不是先念的责任，是我的主意，是我办的。”在残酷的斗争面前，吴波把所有问题都揽在自己身上，承担责任，他是在捍卫他说真话、做真事、做真人的人格，也是在捍卫他的人格尊严。

造反派不肯善罢甘休。一时间，“打倒吴波”“斗臭吴波”的叫嚣声越来越高。周恩来总理很重视财政部的情况，也一直关注李先念、吴波等老同志的处境。看到造反派抓住吴波不放，严重地干扰了财政工作，为避免中央财政失去控制，他在接见造反派头目时总是强调财政不能乱，要让吴波出来主持工作。

但造反派并不把周总理的话当回事，还继续批斗炮轰吴波，大字报造谣中伤，黑帽子一顶接一顶扣在吴波头上。那些日子，财政部楼里楼外，“打倒吴波”“斗臭吴波”的叫嚣声不绝于耳，对吴波的批斗、逼问也在继续。无论如何逼问叫嚣，吴波仍然是那句话："那些错都是我的错，跟李先念没关系，跟其他人没关系。"

吴波的坚毅使造反派怒火中烧，他们变着法儿地折磨吴波，骂吴波"又臭又硬"。无论造反派的气焰如何嚣张，他们也没能从吴波嘴里得到半点所谓李先念的罪行材料。

造反派揪斗吴波越来越频繁，其他部委的部长们也被揪斗，这种险恶情况令周总理深感不安，决定采取保护措施。经与几位副总理商议，他提出以国务院通知开会、汇报工作和写检讨等名义，让受冲击的主持财政部日常工作的吴波和其他部委的部长们住进中南海"工字楼"宿舍，保护起来。然而，这种保护毕竟是短期的，吴波一回到财政部，又立刻被揪斗。

1967 年 1 月，造反派折腾得火热，感到彻底打倒吴波的时候到了，夺财政大权的时候到了。财政部的造反派宣布，打倒主持财政部日常工作的副部长吴波，财政部的大权归造反派。他们把吴波从办公室赶出去，并把办公室封住。财贸口各大专院校的造反派也进驻财政部，成立"接管委员会"，财政部的正常工作停止了，财政部的运转完全瘫痪。

周恩来闻讯后，请示毛泽东同意，于 1967 年 2 月 5 日做出指示，让联络员传达给"接管委员会"，指出：财政是中央的权，财政部的业务权不能夺；业务工作请示李先念同志（兼任财政部长），财政计划指标要在三五天内下达；吴波同志因被斗身体不能支持，要休息。

周总理专程到财政部，安慰鼓励财政部的同志排除干扰、坚守岗位、努力工作。周总理的到来，让吴波和财政部干部职工激动不已。吴波那伤痕累累的身心得到了温暖的抚慰，他与造反派斗争的信心更足了。后来，周总理在身体每况愈下、政治形势对他非常不利的岁月里，还多次接见财贸口的代表，为财政部干部撑腰鼓气，这给了在艰难困苦中煎熬的吴波莫大力量。

造反派对毛主席的指示阳奉阴违，仍在到处煽风点火，企图夺取财政部的大权。在这关键时刻，1967 年 2 月 17 日，李先念陪同周恩来接见财贸口的造反组织代表。周恩来在讲话中严正指出："财政大权是毛主席的权，是党中央的权，中央的财政大权不能夺。你们夺了中央的财政大权，中央还有什么？如果让你们夺了财政大权，我们就对不住党、对不住人民、对不住毛主席。李先念兼任财政部长，毛主席信任他，我们信任他。"他又说，"吴波虽然政治上弱，但他是守纪律的。财政部依旧是李先念、是吴波负责。"

周恩来讲完之后，李先念在讲话中对造反派头头提出了严厉批评。他说："有些人手伸得太长，要包打天下，太不像话了。你们就是要把我打成牛鬼蛇神，我已经不能再忍耐了。要讲革命性，也要讲纪律性、科学性。有些材料东抄一点、西抄一点，这样干，行吗？你们要打倒吴波，有什么道理？！”

这次接见后，李先念在周恩来的支持下，坚决不让造反派夺财政部的权，坚决支持财政部各部门照常工作。财贸口大专院校的造反派见无机可乘，只好悄悄退出了财政部机关。但造反派哪肯罢休，他们又抓住吴波在湖南放赈做文章，把放赈时湖南当局派兵保护，说成是吴波请国民党军队下乡镇压农民运动。后来还是停了吴波的职，夺了吴波的权。

造反派把财政部搞得乌烟瘴气，吴波等一批人被打倒，财政部乱了，工作瘫痪。中央只好派军队军管。军管会来了，认为财政部不需要这么多人，原来将近八百人只留下一百多人，其余的包括吴波等大批干部被撵到“五七干校”劳动改造去了。

这么多的财政部骨干被下放劳动，业务不搞了，留下来的人也不让搞业务，只管清理旧档案，连决算的档案也清查不要了，把档案堆在空地上点火烧掉。吴波听了这事非常痛心。而更让吴波痛心的是，不知什么人出的坏主意，财政部实行了“无账会计”方法，什么事儿都记在本上，不记账。实际上就是一本序时账，其他都不要，来一笔记一笔，记个流水账就完了。

吴波非常痛心，怎么能烧档案、不记账呢？烧了档案今后靠什么查资料？不记账，钱花到哪里去了，谁能说得清楚？！他感到这些恶劣行为比批斗人还要荒诞无稽，是难以让人容忍的，而他却无处可说。虽然他在湖北沙洋，仍关心着财政部的业务，但他是被监管的劳动改造对象，早已没有说话权了，只能心里着急。

吴波被打倒，并被戴上黑帽子，而财政部大多数人都明白，吴波没问题，是有人故意整他。“文革”后期，专案组查实，指控吴波在湖南放赈时让国民党军队派兵保护是下乡镇压农民运动，不是事实，与吴波无任何关系。1974 年，有关部门通知吴波解除劳动改造回家，拟“解放”待分配。随后，周恩来总理去世，“批邓反击右倾翻案风”运动开始，吴波“解放”待分配的事又被挂了起来。

吴波虽解除了劳动改造回京等待“解放”分配，但有人不会让他高兴起来，就从中作怪，“‘解放’待分配”便成了杳无音信的漫长等待。

吴波等待得太久了，浪费了太多的时间。他多么盼望趁自己身体还行，为国家多做些事情。可他询问“有关负责人”，那些人总是冷冷的，让他耐心等待。吴波问：“还要等待多长时间？”那些人说：“不知道！”吴波心里清楚，他的头上还有黑云压顶，见不到天日。吴波和一大批“解放”待分配的干部一样，又在遭受另一种精神折磨。吴波只好每天读书、养花、散步，平静地等待“解放”分配的到来。

“解放”待分配的事，等了一年又一年，到了1978年的春天，终于等来了，还是有人说话才被“解放”分配的，这个人就是李先念。在李先念的过问下，专案组才给吴波平反解放。这一“挂”，把吴波挂了近四年。

从沙洋劳改农场回来并恢复工作，一晃前后十年。吴波平静地说，这近十年的磨难，对自己来说并不是最大的心痛，最心痛的是他失去了人生中为国家做很多事的宝贵时间。

第五章
“西楼会议”波中“波”

在吴波的经历中，如果说“税制风波”的风险是带着“高压电”的，而“西楼会议”给他带来的风险，也同样是霹雳灌顶的“高压电”。

“文化大革命”开始，刘少奇被打成“走资本主义道路的当权派”，遭到造反派的批斗。其“西楼会议”的思想和言论，成了重要罪行之一。造反派给毛泽东写信，控告吴波在“西楼会议”上为刘少奇反党反社会主义提供了“炮弹”。那么“西楼会议”与吴波有什么关联，吴波给刘少奇提供了什么反党反社会主义的“炮弹”呢?

1962 年 2 月 21 日至 23 日，刘少奇在北京主持召开中共中央政治局常委扩大会议，讨论 1962 年国家预算和经济形势问题。由于是在中南海西楼会议室召开的，后来被称为“西楼会议”。

陈云在这次会议上，就当时的财政经济情况和克服困难的办法做了重要讲话，这次讲话对当时的国民经济调整起了举足轻重的作用，也对他后来的政治生涯产生了重要影响。

中共中央“七千人大会”后，在研究1962年财政预算时，发现赤字很大，商品供应紧张，困难程度比“七千人大会”估计的还要大。刘少奇决定召开中央政治局常委扩大会议，即“西楼会议”，专门讨论研究这个问题。会议由刘少奇主持，参加会议的除中央常委外，还有各中央局、各省市自治区党委第一书记，中央各部和国务院各部委党组的主要成员。毛泽东因在外地，未出席这次会议。会议的中心是讨论1962年的国家财政预算和整个经济形势等问题。陈云在会上做了重要讲话。会议在讨论研究财政经济困难时，发现从1958年至1961年在财政上每年都有赤字。实际上已挖了商业库存，涨了市场价，多发了票子来补赤字，并动用了一部分黄金、白银和外汇储备。工业、交通设备失修，水利缺失，这些都需要大量资金。因此，会议指出，我国的财政经济困难是十分严重的，我国经济处在非常时期。目前的主要任务是：全党必须集中力量，大力发展农业和日用品的生产，首先解决吃、穿、用的问题，稳定市场，制止通货膨胀，争取国家财政经济状况的基本好转。基本建设，在近两年内，除了维持简单再生产和必要的扩大再生产外，其他一律停止，并以农业为基础，迅速调整 1962 年的年度计划。

是该讲清楚问题的时候了，讲清问题，恢复经济才有出路。吴波与陈云都是这个观点。于是，陈云在会上讲实话：在农业上有很大减产，而且农业生产的基本条件还不如过去，农业生产的恢复不可能很快。在基本建设上，建设规模同国家财力、物力和农业生产水平不相适应。在金融、市场上，因为多发了钞票，市场供应紧张，特别是工业品不足，城市里的钞票大量流向农村。在人民生活上，城市人民生活水平下降，实际工资下降很多。陈云的讲话深刻而准确，别人都清楚，有一些是吴波组织财政部人员提供材料起草的。

刘少奇的讲话对问题说得更直白："中央工作会议（'七千人大会'）对困难情况摸底不够，有问题不愿揭，怕说漆黑一团！还它本来面目，怕什么？说漆黑一团，可以让人悲观，也可以激发人们向困难做斗争的勇气！""现在处于恢复时期，但与 1949 年后的三年情况不一样，是个不正常的时期，有非常时期的性质，不能用平常的办法，要用非常的办法，把调整经济的措施贯彻下去。"刘少奇赞同陈云的讲话，并建议召开一次国务院会议，由陈云充分讲一讲，让参加国务院会议的全体成员都了解我们的经济情况，了解我们的方针。

"七千人大会"严肃认真地对待"大跃进"以来所犯的错误，

中央领导人带头检讨、承担责任，营造了良好的民主气氛，为贯彻国民经济调整方针奠定了基础。但是，会上没有也不可能从根本上改变“左”的指导思想，大家对当时财政经济方面困难的估计仍不够充分，认识还有待于深化。“西楼会议”根据“七千人大会”的精神，进一步对“七千人大会”未能充分展开讨论的问题进行了讨论，发现了一些在“七千人大会”时没有暴露出来的严重问题，使中共中央认识到必须下更大的决心来进行调整。

“西楼会议”讨论中发现，1962 年国家预算收支指标，“有些收入不落实，有些支出有缺口，表面上平衡，实际上有一个相当大的赤字”，计 50 亿元。这些情况使中央领导人感到震惊。为此，刘少奇强调：只有暴露了问题，才好解决问题。

“西楼会议”提出的“大跃进”问题和刘少奇对“大跃进”问题的讲话，遭到了否定。

1966 年 8 月 1 日至 12 日，毛泽东在北京主持召开中共八届十一中全会。全会印发了 8 月 5 日毛泽东写的《炮打司令部——我的一张大字报》。这张大字报的主要目的，是“炮打”刘少奇、邓小平这个资产阶级司令部。

1968 年 10 月 13 日至 31 日召开的中共八届十二中全会，做出把刘少奇永远开除出党、撤销党内外一切职务的决定。这个决定令吴波吃惊，却压根儿也没有想到会给自己带来什么影响。可有些人很快感到这件事对吴波有文章可做。

“西楼会议”的财政预算数字等是吴波如实提供的。造反派给吴波列了罪状：“……西楼政治局会议，刘（少奇）、邓（小平）、陈（云）、李（先念）都大吹冷风攻击三面红旗，是一次大暴露，吴波是最积极活跃提供子弹的人物，一是为陈云准备农业材料；二是提出赤字预算；三是提出历年财政亏空，把矛盾都集中在财政上表现；四是提出财政经济管理混乱情况。总之，不是什么上面指示、下边照办，而是自觉地、积极地提供子弹，给刘、邓、陈、李大吹冷风提供攻击三面红旗的子弹。”

吴波为“西楼会议”提供这几方面的材料，确实是事实。而当时，准备这些材料，吴波和财政部一些同志也是有顾虑的，尤其是如实提供预算赤字、历年财政亏空、财政经济管理混乱等问题是极为敏感的问题。吴波不是没有想到过，“大跃进”的浮夸风仍在继续盛行，连财政部等国家部委的大院里也搭起了炼钢炉，财政部干部放下业务炼起了钢，这让他觉得荒唐可笑。还有让吴波更为不可理解的是，到处在放“卫星”，农业放“卫星”，工业放“卫星”，连有些地方财政收入也放“卫星”，全民都在认为“全国山河一片红”，谁说社会主义不好，谁说哪些方面有问题，那就是攻击无产阶级政权，攻击伟大的社会主义，攻击毛泽东思想。

财政经济面临这么大的困难，又面临这么多问题，是如实上报，还是迎合时势唱赞歌？有些同志感到，把财政经济如此严重的问题反映上去，虽然是讲了真话，但有可能被某些人误解，甚至做文章，会面临极大的政治风险。吴波说，财政经济面临的困难、存在的问题是马虎不得的，不马上解决会出现严重后果；这些问题也不是财政部能够解决的，只有中央引起重视，才能够拿出办法解决好；别人放“卫星”不能学，财政经济工作是绝对不能放“卫星”的！吴波组织有关人员仔细准确地准备材料，坚持实事求是地向领导反映情况。

造反派把吴波如实给中央提供的财政预算存在的问题，认定是为刘少奇提供了反党反社会主义的“炮弹”。他们给吴波戴上了一顶帽子——“紧跟刘少奇的黑帮分子”。

造反派给吴波的这顶帽子很大，足以把他彻底“专政”掉。吴波并没有被这顶大帽子吓住。造反派逼他交代背后指使他提供这些“炮弹”的人是谁，吴波坦然地说，他是如实反映财政经济工作的问题，压根儿也没想过为谁提供“炮弹”；即便他不反映这些问题，这些问题还在那里放着，他只是讲了真话而已。掩盖这些问题，就是对不起毛主席，就是对人民的犯罪！讲真话、做真事，难道有罪吗？！吴波毫无畏惧地大声质问造反派，造反派竟然半天答不上话来。

第六章 绘在财政长河里的彩虹

新中国诞生前夕的一个清晨，一支特殊的队伍，带着办公用品，带着账本，带着财政文件档案，进入了北平，进驻到了三里河，日夜兼程地筹备成立中央人民政府财政部。这是华北人民政府财政部的队伍，他们与大批开进北平的华北人民政府的队伍一起，把办公室搬到即将确定的新中国首都办公。在华北人民政府财政部的队伍中，有位穿灰色的中山装、身材修长的中年人，一路不知疲劳地与预算部门的王丙乾等交谈中华人民共和国成立后的财政预算问题。他是那么年轻俊秀、英姿焕发，对未来肩负的使命充满自信和活力。这个俊秀的干部，就是华北财政部副部长吴波。吴波一路上急切地探讨这样那样的问题，因为他在对未来满怀喜悦的同时，也对未来肩负的使命而焦急。因为吴波清楚，正如毛主席所说的，他同样也是来进京赶考的。考试的题目，是建立新中国财政的大题，没学过，太复杂，很棘手，考不好后果不堪设想。

吴波那代财政人遇到的这道大题，太难。新中国财政要在一片废墟上建立，留给国库的什么也没有，且新中国建设急需大笔钱。解好这道题，不是那么轻松的事。

难题是想象不出来的。在旧中国留下且崩溃了的国民经济基础上建立的中国财政，像在一堆倒塌了的瓦砾上建设高楼大厦。瓦砾没有一块是能用的，且瓦砾下面，方圆周围，是洪水遍地的荒田，还有危机四伏的陷阱和炸弹。

新组建的中央人民政府财政部，薄一波兼任部长，吴波也由原华北财政部副部长改任新组建的中华人民共和国财政部办公厅主任，后任财政部常务副部长。吴波在原华北财政部的领导岗位上研究与建立了华北的工商税收制度和公粮征收制度，经验丰富，中央就让他主管财经政策，包括财政、粮食、物资、税收等这些“重量级”政策的研究制定。薄老器重吴波，把财政部许多重大工作交给他主持，且由吴波直接向周恩来、陈云、薄一波等领导汇报。新中国亟须建立税收政策，吴波这一个阶段的主要精力，便放在税收政策的确立和税制的创建上。

吴波明白，亟须做的事情太多了，必须迅速了解社会现实情况。他立刻调研，而每到一个地方，问题之多，困难之大，让吴波夜夜难以入睡。这些问题对新政权来说，哪个都比天大：百业凋敝，生产萎缩；交通破坏严重，物流不畅；物资匮乏，市场投机猖狂，物价飞涨，工人处于失业和半失业状态，尤其是严重水灾造成4000万农民亟待救济。

新生的政权需要巩固，民生需要安定，财政亟须筹集巨额资金解决严重通货膨胀，恢复工农业生产，扩大就业和救济灾民。解决这些刻不容缓的事情，钱从哪里来？吴波很是发愁。

发愁的还不仅仅是这些问题，大宗的开支接二连三出现。经费开支需要大增。随着中华人民共和国成立，除了需要增加一些必要的行政管理机构和人员外，为避免一些不愿继续抵抗的旧军政人员流离失所，中央人民政府实行了对其生活和工作一律包下来的宽大政策，以利于社会安定，这样不可避免地大幅度增加经费开支。

中华人民共和国成立虽然标志着国民党的战争机器已被摧毁，旧政权已经瓦解，但解放战争任务尚未完成，国民党残余军事力量还盘踞在西南、华南一些省的部分地区，同时国民党逃跑时在大陆还留下了大量特务和武装土匪。为保卫新社会的安全，必须将革命进行到底，迅速肃清在大陆的残敌，因此军费一时还难以减少。与此同时，国际上被赶走的帝国主义分子不甘心失败，一方面不承认新生的政权，对新生政权实行经济封锁，另一方面虎视眈眈地看着新生政权，试图寻机反扑。1950年朝鲜战争爆发，战火烧到我国边境地区。为了保卫我国的安全，中国政府被迫派出志愿军，进行抗美援朝、保家卫国的正义战争。这又额外地增加了巨额军费负担。

新生政权面对各项巨额财力需要，但是所能筹集的财政收入十分有限。由于长期战乱造成民力消耗极大，工厂处于停产与半停产状态，人民政权必须给人民以休养生息之机，以恢复民力，这就要求财政努力减轻人民负担；并且由于通货膨胀十分严重，也不能再靠发行货币来解决财政收入问题，财政收支矛盾十分尖锐。当时专家有个测算，财政支出的需要几乎是财政可能取得的收入的两倍多。能否解决财政困难，事关新政权的安危。

敌对势力看到新生政权面对的严峻财经形势，幸灾乐祸，预言中国共产党军事上也许可以，但经济上不成，用不了多久，就会因解决不了财政经济问题而垮台。

这正是建立和巩固社会主义政权、建设社会主义道路的艰辛时期，也正是财力几度吃紧的时期，财政工作举步维艰，需要探索和解决一系列财政重大难题。初任财政部副部长的吴波日夜忙碌，马不停蹄地与财政部人员破解这些重大难题。

一

这是新中国财政历史上的特殊年代。在这个特殊历史时期，财政经历了四个不同阶段和不同寻常的历史时期，那便是恢复国民经济阶段、实现社会主义改造阶段、全面建设社会主义阶段以及“文化大革命”阶段。在这特殊时期，吴波思考探索了一个接一个高难度的问题。

如何让敌人预言的“让财政经济困难拖垮新中国政权”成为一句空话？中央人民政府并没有被严重的财经困难所难倒，而是采取了一系列缓解困难的财政政策，吴波一边落实中央财政政策，一边也为国务院、党中央献计献策。

为建立合理的预算，吴波着力推行“量入为出”和“量出为入”相结合的财政方针。中华人民共和国成立两个月后，中央人民政府委员会第四次会议集中研究了财政问题，薄一波提出了预算的基本精神：保障战争的胜利，逐步恢复生产；坚持“量入为出”和“量出为入”相结合，取之合理、用之得当的财政方针。“量入为出”是花钱吃饭，不能搞赤字；但保障战争胜利和恢复经济没有钱不行，所以还要“量出为入”，发行建设国债。再就是保障支出不超过预算，圆满实现预算草案。

当时国家财政亏空，还有巨大赤字，主要支出却由中央人民政府来承担，而国家的财政收入大部分却掌握在地方政府手中，使中央人民政府的财政收入空有其名而无实力，财政赤字、通货膨胀、物价上涨等问题不能得到根本的解决。吴波感到若要从根本上解决中央财政的财力问题，亟须做的是统一国家财政经济工作并把权力收归中央。吴波与财政部人员提出了三大建议：统一全国财政收支、统一全国贸易和物资调动、统一全国现金管理。这些措施正是陈云想要推行的，这一主张得到了中央人民政府的支持，统一财政工作很快在全国得到落实，理顺了中央与地方财政的关系。

财经工作统一，国家的财政收入迅速增加，收支逐渐接近平衡，财政赤字缩小，人民的情绪安稳下来，不再为一日三变的物价操心，不但抗美援朝的物资供应有了保障，国家的重点建设也开始顺利进行了。后来，陈云在评价统一财经工作时说，1950 年财经方面做了很多工作。重点只有两个，一是统一,二是调整。只此两事，天下大定。毛泽东盛赞说，其意义不下于淮海战役。

由于实行了财政经济工作的统一管理和领导，从 1950 年起，又加强了征收工商业税和农业税的工作，发行了 3 亿元公债，同时大力节约开支，特别是节约国家机关经费的开支，国家的财政收支很快就接近了平衡，并且经受了抗美援朝经费支出的考验。到 1951 年，国家财政已有余额 10 亿多元，1952 年继续有余额 7

亿多元。国家财政结构发生了重要变化。

在恢复国民经济阶段，如何探索解决财政收支矛盾、确保新生政权各项财力需要？吴波提出，对新生政权的一切需要必须确保，国防开支不能少，市场物价必须稳定，钞票不能再多发，经济建设也要搞，出路在于厉行节约，优化支出结构，分清主次，在支出安排上实行国防第一、稳定物价第二、其他第三的方针，即后来所称“边抗、边稳、边建”的方针，按此方针安排1951年国家预算。他的建议被列入1950年11月召开的全国财政工作会议进行专门讨论，会议采纳了吴波等财政部工作人员的大量建议和对策。

实行了财经工作中央与地方的统一，如何调动地方积极性，是个大问题。吴波又参与推行分级财政体制改革等。这些财政政策实施不到三年时间，经过一系列举措，不仅保持了物价的持续稳定，很快克服了财政困难，实现了财政收支平衡，而且以有限的财力有力地保障了军事上的巨额需要，也保障了恢复国民经济的各项需要。在军事上肃清了国内残敌，对外取得了抗美援朝战争的伟大胜利；完成了恢复国民经济的艰巨任务，经济社会各个基本方面都恢复到或超过新中国成立前最好水平，实现了财经状况全面根本好转。

在中华人民共和国成立初期财政经济非常困难的情况下，吴波以卓越的智慧和才能，与财政部同人努力实现了财政工作高难度的跨越，使国家渡过了第一个难关，在完成恢复经济工作、保障“抗美援朝”战争胜利、稳定全国市场物价中发挥了巨大作用。

在实现社会主义改造阶段，吴波与财政部同人们围绕党中央的战略决策抓紧调整完善财政政策。1952 年国民经济恢复目标基本完成后，年底党中央根据毛泽东主席的建议，提出了社会主义过渡时期总路线和总任务，即“从中华人民共和国成立到社会主义改造基本完成，这是一个过渡时期。党在过渡时期的总路线和总任务，是要在一个相当长的时期内，逐步实现国家的社会主义工业化，并逐步实现国家对农业、对手工业和对资本主义工商业的社会主义改造”。财政在推动和促进社会主义改造的实现中，从财力和制度政策上，采取了一系列的保障和促进措施。

这时国家农业社会主义改造全面铺开，要鼓励和推动农业生产者走合作化道路，将一家一户的小农生产改造成合作化的大生产农业。这一设想牵扯到细致入微的财政政策扶持。吴波与财政部有关人员经过深入调研拿出了政策方案，经中央批准，诸多鼓励和支持农业社会主义改造的财政政策出台，调整农业税征收政策，实行查田定产、一定三年不变，使农民税负稳定在 1952 年的水平上，以利于农民直接体会到农业合作化提高生产力的好处，有利于促进合作化发展的财税政策的制定。

还有调整工商税制，对农业生产合作社实行优惠，凡农业合作社自产的农、林、牧、渔产品，以及在本合作社内公用或分给社员和社员之间相互调剂余缺的产品，一律免征商品流通税、货物税、营业税和所得税，出台鼓励农民参加合作社积极性的财税政策，在财力上支持合作社，在农村建设国营农机站，支持农业合作社进行机耕作业，拨巨款支持农业合作社兴修农田水利，推广新式农机具和优良品种，对农民加入农业合作社时缴不起股金的，国家给予低息贷款支持等。这些办法立竿见影，激发了农业生产的活力。

对资本主义工商业者的社会主义改造也同时展开，财政为促进进一步改造，制定出台了许多切合实际的税收政策，促进了社会主义优越制度的建立。

在改造农业、工业中建立的财税政策，为全面实行社会主义建设积累巨额资金奠定了基础。从 1953 年起，我国实施社会主义建设的第一个五年计划。国家没家底，又正遭受帝国主义经济封锁，除了苏联能提供可贵且有限的援助外，既无其他外援又无经验。如何建设社会主义？大量的钱从哪里来？唯一可以做的是，发扬自力更生的精神，通过自我积累资金来满足建设需要。积累社会主义建设资金的重任，自然地落在了财政部门肩上。吴波感到肩上的担子每天都在加重。他与财政部同志同舟共济，拿出了一项项促进生产、积累资金的办法，为“一五”计划的顺利实现发挥了财政的重要作用。

“一五”计划于1957年胜利完成，建成投产的项目中有三百多个工业项目，加上农林水利、交通运输、商业服务、科学文化教育、城市公用事业及其他项目近百个，几乎覆盖了所有的国民经济部门，有效地为我国工业化奠定了基础，也为科学、文化、教育、艺术、卫生、体育等事业发展打下了基础，同时人民生活也得到很大改善。

“一五”计划胜利完成，我国的国力得到了显著增强，同时也取得了丰富的经验。然而接着出现的“大跃进”和人民公社化运动，以及各行各业大搞的“浮夸风”和“共产风”，必然反映在财政上，那就是财政收支大幅度地快速增长。于是在现实生活中出现了一个怪现象，在各方面一派大好的形势下，银行坏账大量发生，市场的物资供应日趋匮乏，商品库存大幅度缩减。

那么生产出的东西哪里去了呢？国务院副总理兼财政部长李先念找吴波商谈这个问题，他对吴波说：“这里面很可能有‘鬼’，你们下去调查研究一下。”

吴波带领财政部和有关部门同志做深入调查，终于弄明白了这个问题，原来是“浮夸风”造成的价值形态上的虚假膨胀，实际上并未生产出那么多商品，再加上瞎指挥和片面追求钢铁的高产量，各行各业不讲效益只讲速度又造成了物资上的巨大浪费。所以在实际生活中就出现了统计数字上虚假膨胀，而市场物资供应却日趋匮乏、库存大量减少的恶果。

根据吴波等人员的详细调查，李先念把这种情况如实向中央做了汇报。中央认为这是个重大问题，必须解决，并决定在庐山召开会议解决“左”倾思潮时，纠正“大跃进”造成的国民经济混乱。遗憾的是，经过庐山会议，“大跃进”没有得到调整，“浮夸风”“共产风”更加严重。由于违背经济规律，农民生产积极性严重受挫，轻重工业比例严重失衡，造成全局性粮食供应的巨大缺口，致使全国陷入严重饥荒之中。财政陷入危机，国库入不敷出，国家不得不把经济建设停下来，进行了三年的调整。

1966 年夏，在“以阶级斗争为纲”的错误思想指导下，“文化大革命”运动使经济、社会陷入无政府式的混乱状态之中，导致工农业生产大幅度下降，许多地方政府陷入难以保障行政事业单位正常运转基本需要的困境。财政部门为克服困难，支撑共和国行政事业运转的需要，在周恩来总理和一些老一辈革命家的领导下，与林彪、江青反革命逆流进行了艰苦的斗争。为恢复生产秩序，克服财政困难，广大财政工作人员在中央支持和领导下，一方面改革财政体制，实行了财政收支两条线，即收入全归中央统一调度，支出全由中央供给的办法，以利于中央精神的贯彻执行和保障各级政府运转的需要；另一方面不怕批斗，不怕围攻，下基层，推动中央精神的贯彻执行。经过艰苦努力，于1970年终于实现了财政状态基本好转，达到了收支平衡略有结余的目标。

二

建立税制，是中华人民共和国成立初期财政的重要工作。在建立共和国税制过程中，吴波以他坚韧不拔的毅力做出了不懈的努力，留下了浓墨重彩的画卷。

成立新中国的时间确定了，迫在眉睫的是需要钱来支撑共和国大厦的根基，让共和国巨轮运转起来。而现实是残酷的，在一片废墟上建立起来的共和国，要建立一个新的世界，可国家财政的国库里几乎空空如也。财政的钱从哪里来？只有税收。国家亟须建起税收制度。周恩来总理提出，要在中华人民共和国成立前抓紧研究创立完备的新中国的税制。创立税制，是财政部的职能业务，吴波受命挑起了这一重任。

1949年新年刚过，吴波带领财政部的人员日夜兼程地组织筹划召开了首届全国税务会议，布置了创立新中国税制工作。会一散，他带人坐上了去上海的火车，要在上海蹲点做税制创立的调研。吴波与各阶层人士座谈研究两个多月，在取得第一手材料的基础上，根据中央决策，综合会议讨论意见，起草了报送中央的会议总结报告。吴波提出，增加财政收入，着重于城市税收，不能再加重农民税收负担；统一全国税政方案，简化税制，合理负担。除农业税外，全国只设十四个税种，并确定税率依据的标准。他的报告，得到中央批准。

有了中央对创立税制原则的充分认可，吴波立刻动手组织起草统一全国税政、税制，明确税收管理体制的纲领性文件。经过几十个白天黑夜紧张而严谨的草拟，他主持起草和亲自反复修改的《全国税政实施要则》成稿。中央对这个方案充分认可，1950年1月30日，由政务院通令在全国实施。

那些年，三里河财政部机关的灯彻夜明亮，吴波带领有关部门人员挑灯夜战，研究税收政策，不知熬过了多少夜晚，倾注了多少心血，三年时间，研究草拟多达四十个税收法规、制度。

他主持起草货物税、工商业税和其他各税种暂行条例，以及全国税务机关暂行组织规程，经政务院审定，陆续颁布实施；还经他亲自审改，由财政部发布了各税种条例、施行细则，废除了国民党统治区名目众多的苛捐杂税，各革命根据地有较大差别的工商税制也停止执行，建立并逐渐完备了崭新的、统一的社会主义中国税收制度。国家的财政税收工作重心从农村转到了城市，成为国家统一和加强财经工作的重要组成部分，在扭转当时的财经困难局面、促进和保证国民经济迅速恢复及发展中起到了重大作用。

他主持研究起草了《新解放区农业税暂行条例》；其后几年，由他审改财政部颁发了一系列农业税法令，初步建立了中华人民共和国成立初期的农业税收制度。特别是在1958年，为适应形势发展，由他主持研究起草了《中华人民共和国农业税条例》，他亲自写了条例（草案）说明，向全国人大常委会会议报告，阐明“稳定负担，增产不增税”的方针，明确稳定农业税负担的具体政策内容。这个条例经人大常委会审议通过后，毛主席亲自签署公布，从而废除了原有各革命根据地和新解放区的不同税制，在全国范围内统一实行分地区的比例税制。农业税政策的确立和税制改革，使农业税占农业实产量的负担比重大幅下降，减轻了农业税收负担，鼓励发展农业，巩固工农联盟，在过去长时期内收到显著效果。

在治税之路上，吴波深思熟虑后提出了几个“结合”，闪烁着他治税思想的光芒。

中华人民共和国成立初期，人们普遍认为，税收是凭借政治权力，采取强制手段向纳税人无偿取得财政收入的一种方式。这种观点强调了税收的强制性和无偿性，却忽视了社会主义制度下税收的特殊性。吴波提出，不要单纯地只是为了完成税收任务，而应认真研究税收政策，广泛宣传政策，将完成税收任务和严格贯彻财税政策有机结合起来。如果不这样做，在政策上就会出毛病，就会影响工商业的发展，就会使老百姓误解我们的税收和国民党的税收没有什么区别；税收是社会主义制度下的一种协作关系，纳税单位既是纳税人，又是办税人，是一种新的征税人和纳税人的关系，也是我为人人、人人为我的社会主义的协作关系；税收必须依靠群众、依靠企业、依靠基层，以专业征税与群众协税相结合；应从促进生产入手来组织收入，在促进生产的同时，抓紧组织收入工作，保证社会主义建设资金的需要；然而，又不能光是去搞生产，还要组织收入，对财税部门的工作人员来说，组织收入就是最大的促进生产。抓税收要与抓生产相结合。

在我国社会主义改造基本完成和“大跃进”前后，社会上曾经出现一股“税收无用论”的浪潮，当时财政部召开了一次重要会议，会上大多数同志都主张取消税收。1958 年 10 月，农村开始实行财政包干，接着在一些城市进行了“税利合一”试点，都不另行征税。吴波在深入了解试点情况的基础上，坚决反对“税收无用论”，认为税收是调节宏观经济的重要工具，不论是在理论上还是在实践中都大有用处。1959 年 5 月，他调研一番后，提出了税收在生产资料私有制改造基本完成以后的重要作用，特别是突出了税收对全民所有制经济的作用：有利于国家有计划地安排生产，有利于企业加强经济核算，有利于调节社会消费，有利于生产物价管理，有利于财政积累。这个调研结果找准了问题的根本。继而吴波提出，应立即按照财政部草拟的办法，在农村恢复征税，在城市停止“税利合一”的试点。他的这一观点，对扭转当时“左”倾错误、把税收工作拉回到正常轨道上来起到了决定性的作用。

吴老为新中国税制的建立，创造了辉煌，也费尽了心血。吴老离职了，还关心税制的事情。1984 年工商税制全面改革，吴老作为财政部顾问、党组成员，参与策划新税制的设计，逐条逐字推敲，力求法制内容准确完善。新税制改变了过去长时期形成的单一化税制，创建了多税种、多层次、多环节调节的复合税制新体系，从而配合并促进了经济体制改革、对外开放、经济结构调整，也促进了经济社会全面发展，保证了税收收入大幅度增长。吴波对税收的理解与解释独树一帜，赋予了税收制度新的内涵。

三

吴波担任财政部长时，王丙乾为副部长。王丙乾结识吴波，是 1947 年。吴波去世后，王丙乾深情地回忆了对吴老的敬爱。王丙乾说，那时，吴波在冀中行署财政厅工作，一次自己到晋察冀边区财政厅汇报冀中区的财政预算，第一次见到了吴波。1948

年，他调到华北人民政府财政部工作，一年后转到了中央财政部，当时吴波任党组副书记、办公厅主任。从此，他与吴波共事长达三十多年，成为工作上志同道合的同志和生活中的挚友。

王丙乾回忆吴波时，透着浓浓的深情——

吴老长期担任财政领导干部，为我国财政体系的建立和发展殚精竭虑、贡献巨大。中华人民共和国成立初期，国家税制比较混乱，解放区各根据地都有自己的规定，新解放区则暂时沿用国民党时期的旧税制。而且，解放战争还在继续，经济恢复工作已经展开，财政面临着巨大的挑战，出现了很大的赤字。在这种危难关头，吴波提出统一财政，实行“统一领导、分级管理”的方针，建立中央、大区、省（市）三级财政，改变中央高度集中的管理办法。同时，主张加强统一的财政制度建设：实行预决算制度，中央地方都要建立金库，收入交国库；建立健全会计制度，严格财经纪律，成立财政督察司。在税收方面，根据中央的精神，主张统一税政、统一税制，建立健全税收机构，培训干部，加强税收工作，并提出抓税收与促进生产密切结合起来，专业收税与群众协助收税密切结合起来，完成税收任务和保证实施税收政策结合起来。强调加强税收的宣传工作，整顿税收秩序，减少偷漏税和抗税事件。为了促进农业生产的恢复，对于农业税的征收，实行按常年年均产量计税，依率计征，依法减免，增产不增税，有力地促进了农业的发展，减轻了农民负担。

中华人民共和国成立初期，吴波对填写新中国财政建设发展史的空白，起到了奠基人和开拓者的作用。

从1958开始的三年“大跃进”使国民经济比例严重失调，中央于1961年提出对国民经济进行调整。从1962年年初开始，吴波协助李先念抓国民经济调整工作。他根据中央精神，针对当时存在的主要问题和实际情况，提出五项重要措施：压缩行政事业费，精简机关干部，缩减城市人口；压缩基本建设规模，将“大跃进”时每年三四百亿元的基本建设投资规模压缩至50亿元；财政给银行拨钱，支持银行实现“当年平衡、略有回笼”的目标；加强税收工作，打击农村集市投机倒把行为；清理“大跃进”过程中的遗留问题，包括大炼钢铁、平调公社财物、乱拉乱用商贸部门的物资、乱用银行贷款等。在这些措施的作用下，1964年我国经济状况开始好转，农业生产得到恢复，物价趋于稳定，国民经济调整取得了很好的效果。

十一届三中全会后，中央提出改革开放的新决策，财政改革成为经济体制改革的突破口。在新的形势下，吴波从全局出发考虑问题，为财政改革和转型，探索了适合中国国情的务实之路。

他从部长位置退居顾问以后，仍然牵挂着财政事业，常将财政方面的情况和问题向李先念汇报，别的部门或同志对财政工作有什么意见，他也通报给李先念，听取领导指示。李先念告诉他，财政部一些重要的材料可及时送他看。李先念还说，财政部站在全局的高度，加上消息灵通，能看出问题，也敢于暴露矛盾。陈云也说过，要给财贸部门恢复名誉。吴波离休后，仍然关心财政工作，有时部党组的同志去看望他向他通报财政情况，他都非常认真听取并做记录，提出自己的看法供部领导参考，使财政干部深受裨益。

吴波在财政系统担任领导三十多年，形成不少新思想和新观点，是一位务实的财政理论家。吴波一直坚持的财政综合平衡的理论，很有成效。这一问题也是陈云一再强调的。他说搞经济工作，不懂得综合平衡，就寸步难行。财政综合平衡中关键的是国家建设和财力物力的综合平衡、财政和信贷的综合平衡，还有财政与其他各方面关系的平衡协调。根据我国当时的国情，从综合平衡理论出发，吴波始终坚持“收支平衡，略有节余”的理财观，坚决反对“赤字无害论”。主张财政经济发展与国力国情相适应，必须量力而行，稳步前进。对于综合平衡与适度举债的关系，吴波认为一定要在综合平衡的基础上，根据一定的条件适度举债，而且，举债的规模、还债的时间等一定要在可以控制的范围内。

正确处理财政与经济的关系，也是吴波经常思考的一个重大理论及现实问题。毛泽东主席曾讲，经济决定财政，财政反作用于经济，财政既要大力支持经济的发展，又要通过财力分配和财税政策，限制或改变不科学、不合理的经济计划和举措，保证经济和财政的良性循环。吴波一贯反对只重视财政收入而轻视发展经济的观点，他认为：增大财政收入，首要的是靠发展经济，培养财源，否则就成了无米之炊。税收工作是理财的基础环节，要加强税制建设，制止偷漏，既要抓西瓜，也要抓芝麻。在此同时，还要加强企业财务的管理，搞好经济核算，节约资源，减少材料消耗，降低成本费用，做到盈而不亏。他认为这是夯实财源的又一重要渠道，而且随着生产的发展，这方面的工作会越来越重要。因此，他始终按照毛主席“发展经济、保障供给”的指示，建立财政与经济之间的良性循环的关系。中华人民共和国成立后，财政部成立经济建设司，就是为了促进财政对经济发展的支持。在吴波的领导下，财政部在处理具体财税问题时，总是以经济发展大局为重，不为眼前利益所动，想方设法促进经济发展。在吴波这种理念的指导下，从中华人民共和国成立初期开始，财政部就确立起了做大财政蛋糕必须建立在发展经济基础上的理念。

理财首倡勤俭节约，这是吴波理财理论的核心。他认为这不仅是一个财政经济问题，也是一个政治问题。他认为勤俭节约是理财的根本，也是中国革命和建设时期克服各种困难、走向胜利的法宝，同时也是发展壮大国家财政的重要基础。他认为财政形势越好，收入基数越大，越要注意节俭。理财的大忌就是铺张浪费、花钱大手大脚，从而产生腐败因素。

20 世纪 50 年代中期，是我国国民经济恢复和大规模经济建设到来的时期。吴波任财政部副部长，李先念以国务院副总理的身份兼任财政部长，财政部的主要任务落在吴波的肩上。那时候，财政部在北京复兴门外大街真武庙小区建家属宿舍，留下了一块空地，计划以后建礼堂。财政部有几百人，每次开大会都是借用其他单位的礼堂用，很不方便，从各方面考虑，建一个礼堂是应该的。部里正筹措建礼堂的时候，国务院发了一个通知，对有的单位讲排场、摆阔气，大建楼堂馆所提出批评。在吴波的主导下，财政部主动取消了建礼堂的计划。1960 年我国经济困难时期，机关职工蔬菜也要定量供应，为解决干部食堂的吃菜问题，这块闲地种了几年菜，后来蔬菜困难的问题解决了，就不再种菜，栽上了葡萄树。

有的同志认为，吴老太小气了。但吴波不这样认为，他对大家说，在财政部工作的同志一定要明白，中央财政工作事关大局，任何大手大脚的想法做法都是不正确的。虽然财政部每年收入千亿元的资金，但都是税务员们从纳税人那里几元几角甚至几分钱收上来的，是人民的血汗钱。我们不能因为财政收入多了，就不认真计算，随意花钱。为国家富强，把账算准算细，节约每一元钱，应当是财政干部必须具备的素质。无论是基本建设投资，还是事业经费拨款，都应当精打细算，绝不能大手大脚，更不能铺张浪费。要把一个钱当成两个钱用，少花钱多办事。在吴波主持财政部工作期间，党中央、国务院给予了他高度评价，1962 年他被中央政府评为模范部长。

王丙乾非常赞同吴波“勤俭理财”的观点。王丙乾说，20 世纪 90 年代，他曾让财政部科研所的同志找红学专家共同研究过《红楼梦》里贾府的理财问题，得出的结论是“俭则兴、奢则败”。所以，提倡艰苦奋斗，勤俭节约，实行廉政，反对腐败，是党和国家必须坚持的长远方针和重大措施。节约不光是节约财力，还有节约资源、物力等许多方面，从治国理财到企事业单位的规划用度都要厉行节约。

王丙乾回忆说，吴波担任财政部领导三十多年，为财政工作做出了重要贡献，形成了一套丰富的理财观。他主张发展经济与壮大财政相结合，一贯反对只重视财政收入而轻视经济发展的观点。中华人民共和国成立后，财政部成立经济建设财务司，就是为了促进财政对经济的支持和发展。在吴波的领导下，财政部在处理具体财税问题时，宁可放弃眼前利益，也总是想方设法促进经济发展。可以说，从那时起，财政部就树立起了发展经济、壮大财政的理念；经济发展与国力相结合，坚持“收支平衡，略有结余”的思想；统一领导与分级管理相结合，始终坚持充分调动中央、地方的两个积极性；增加收入与勤俭节约相结合，并一以贯之地应用于财政工作的实践中；专业征税与群众协税相结合、抓税收与抓生产相结合、完成税收任务与严格贯彻财税政策相结合、税收理论与税收实践相结合的理财观，这些对财政工作产生了深远影响。

四

受老一辈革命家周总理、陈云等领导优秀品质的熏陶，吴波养成了胸怀全局、认真负责、严谨细致、埋头苦干的工作作风。财政部原副部长、时任办公厅秘书处处长李朋对此印象很深。他回忆说，旧中国经济衰败，生产凋敝，物价飞涨，民不聊生。中华人民共和国成立初百废待兴，困难很大，工作繁重。按照党中央、国务院关于统一全国财经管理的重大决策，财政部全力以赴地抓了全国粮食的统一管理与调度、国家库存物资的管理与调度，全国财政收支的统一管理以及税收制度的建立，对于迅速扭转困难局面起到了重要作用。当时由于财政部职责所在，工作头绪之多、难度之大，都是从未有过的。李朋已记不清加了多少班，只记得在吴老的领导下，同他一起研究起草报告、法规，常常一干就是一个通宵。有一段时间吴老分工领导税务局，他的主要精力就放在建立新中国的税收政策和税收制度上，以建立新的财税体系，保证财政有稳定的收入来源。凭着对党的事业高度负责的精神，吴老较好地完成了这项任务。

“实事求是，秉公办事，是吴老的又一高尚品格。”李朋回忆说，1964 年他随吴老到河北唐山搞“四清”运动，吴老率领的这个工作组是直属少奇同志的联系点，财政部去了四十多人，在那里蹲了一年多。通过深入调研，吴老发现当地的实际情况并不像文件说的基层干部有三分之一烂掉了，大部分还是好的或比较好的，烂掉的只是个别人。于是，他坚持实事求是地处理问题，没有“打击一大片”，并实事求是地向少奇同志写了报告。

有一次在中央召开的会议上，有各省各部门的领导参加。会上财政部汇报了两个财政问题，一是开展税收财务大检查的情况，批评了一些地方瞒报收入和支出违规问题；二是吴波客观地指出近两年财政还有赤字，需要采取措施来解决，不能忽视。不料引起一些同志的非议，说财政部吹冷风、泄干劲，怎么老是赤字啊！一时会议气氛很紧张。后来有人将这个情况反映给陈云同志，他看了吴波的发言稿后，说吴波同志讲得对嘛，这才解了围。

财政部的人都知道吴波修养好、对人和善，从没有见他发过脾气，但他对工作一丝不苟、十分认真。对于领导同志的讲话，吴波认为不妥当的，也敢于提出自己的不同意见，并且据理力争，从不顾及个人得失。姚依林曾说过，吴波有时和周总理也争得面红耳赤。

有一次国家经委在四川召开会议，讨论企业利润留成问题。吴波顶着很大的压力，向与会代表解释财政收入情况，提出企业利润留成要区别对待。随后在国务院开会时因讨论税前还贷问题发生了一场争论。当时，国家对外资来国内办企业实行税前还贷政策，中央一位同志提出在国营企业也要实行税前还贷。吴波认为如果国营企业都实行税前还贷政策，国家的税款流失就太大了。双方就争论起来了。

还有一次中央召开财经会议，领导同志在京西宾馆会议室研讨工作。中央领导同志依据安徽农村包产到户取得良好成效的经验，提出财政包干。各地区、各部门、各企业包干上缴财政数，经营的剩余利润、收入归地方各单位所有，自行支配。吴波立刻站起来说："按现有财政经济情况的基数，定额包干，就把财政包死了。事业是发展的，万一有个天灾或突发事件，国家财政就一筹莫展、无能为力，这办法是不可行的。"中央领导当时有点生气，打断他的话说："这就是我们在长沙辩论没有解决的问题。"当时主持会议的华国锋说："这个问题很复杂，牵涉面很大，我们好好研究一下再来讨论吧。"散会后，在走廊上，李朋问吴波："您这样直截了当地顶撞他，好吗？"吴波说："有什么关系，为了工作嘛。”结果，所谓财政大包干没有实行。

吴波从来不会随声附和别人的意见，对上对下都讲真话，对的赞成，不对的则会说明理由。

吴波在财政部常说，毛主席过去提出要实事求是，小平同志也讲过要实事求是，我们大家也说要坚持实事求是，实际上有些事情还没有实事求是。能不能实事求是，一是认识水平问题，再一个是立场问题。如果你怕影响自己的乌纱帽，就不敢说真话，怕招惹是非，就不敢担责任。李朋说，吴波敢说真话，也敢担责任，言行一致，令人敬仰。

吴波坚持实事求是，很少考虑个人得失，想得更多的是党的事业和人民的利益。1958 年“大跃进”时，全国刮起了一股“共产风”，全国大炼钢铁，砸掉许多饭锅，砍了很多树木，炼出来的却是一堆废渣，浪费极大。当时公社刮“共产风”，吃“大锅饭”，虚增虚支现象十分严重。作为财政部的主要领导，吴波看在眼里，急在心上。那时有的地方财政厅也想放“卫星”，吴波找李先念商量后指出，财政放“卫星”就要向人民多收，会增加人民的负担。于是中央制止了地方财政放“卫星”，1958 年“大跃进”，全国到处都在放“卫星”，唯财政系统一颗“卫星”也没有放。对“大跃进”中出现的问题，吴波都实事求是地向中央领导反映。他因为敢说真话、廉洁奉公，多次受到组织部门的好评。

第七章
沙洋农场养鱼翁

出湖北省沙洋县城，沿荆潜公路南行，拐上一条蜿蜒曲折却平坦的林中小径，便进入一片高大茂密的树林。这里，就是财政部原沙洋“五七干校”指挥部旧址。走进旧址，院落依旧，红墙依旧，只是已不再有往昔的繁忙与热闹，不再有往昔的高歌和笑语。呈现在人们眼前的是，一棵棵葱郁参天的大柳树，一排排沧桑陈旧的普通瓦房，一道道高深神秘的红砖院墙。习习清风中，轻轻摇曳的树叶，似乎在细细倾诉着那段难忘岁月的悠悠情怀，倾诉着已经尘封的往日记忆……

1969 年，吴波和财政部的一些干部被下放到湖北沙洋干校劳动改造。

下放到沙洋“五七干校”的不乏政坛要人、文学巨匠、社会名流：全国人大常委会原副委员长、社会学家费孝通，中央统战部部长张执一，最高人民检察院副检察长黄火星、江文，公安部副部长胡之光，中央财经领导小组办公室副主任李克木，财政部项怀诚，“文坛祖母”冰心，作家冯亦代，画家周绍华，数学家罗声雄，社会活动家吴文藻，外交部副部长杨文昌，驻英国大使查培新，驻芬兰大使张直鉴，驻联合国副代表张义山，李宗仁先生的最后一位夫人胡友松，中国藏学研究奠基人于道泉，我国著名刑事诉讼法专家、中国人民公安大学法律系教授崔敏，中国藏学研究院名誉院长王尧，中共湖北省委原常委、常务副省长张旺午，湖北省政协原副主席、省委统战部部长蒙美路等。1969 年 2 月 25 日，第一批学员抵达财政部沙洋“五七干校”。随后，财政部所属机关的干部职工及家属七百多人相继从北京来到这里。

当时的“五七干校”是以劳动为主、以改造思想为目的而设立的干部学校。财政部沙洋“五七干校”由中国人民解放军毛泽东思想宣传队驻校军代表全面领导，干校总指挥由财政部国防司原司长付泽浩担任，副总指挥由财政部预算司原司长田一农和财政部公交司原司长江习担任，下设政工组、专案组、基建组、食堂、学校等机构。干校将“五七战士”和知识青年分为五个连，一连至四连从事农业生产，五连为后勤连，从事基建和后勤服务工作。

“五七干校”创建初期，学员们工作和生活的环境都非常艰苦。他们吃的是粗粮小菜，住的是破旧不堪的瓦房，用稻草铺就地铺，几十个人挤在一间小屋子里。为了改善住宿条件，干校学员们通过自己的辛勤劳动，于 1970 年建起了二十多栋红砖瓦房，成了家的学员能分到一个单间。

初到干校，干农活要从头学起，干校学员凭着一股冲天的干劲，在晴空烈日下挥洒辛勤的汗水，从不言苦。当时，财政部“五七干校”的五个连队种着两千多亩农田。有些沙板田土质太硬，插秧时用手指无法将秧插入泥土中，学员们便用竹签在秧田里插个洞，然后再插秧。他们的手指被磨穿了皮，鲜血直流，但他们边劳动边唱歌，似乎一点也不觉得苦累。

为了实现粮油肉菜自给自足，学员们一年到头都十分忙碌。农忙时节，常常是披星下田，戴月收工，连饭都是炊事员送到田头后大家坐在田埂上吃的。虽然苦累，但每到收获季节，看到自己亲手劳作换来的一袋袋黄灿灿的稻谷、一片片绿油油的蔬菜，学员们所有的劳累和烦恼便都烟消云散了。

吴波是被审查的管制对象，但部里干部职工都很照顾他，鉴于当时的特殊环境，公开场合不便问候，私下里哪家做了点好吃的，都让家人悄悄地给吴老送上一份。在分配劳动任务时，考虑到他年老体弱，尽可能安排的劳作轻松一些。在沙洋六年吴波孤身一人，由于过去忙于工作，从不操持家务，个人生活能力比较差，但他很勤快，把衣服整理得干干净净，宿舍也打理得挺利落。

吴波被编在二连，财政部办公厅处长张义斌当连长。别人有点看不惯，觉得堂堂财政部副部长成了被监管劳动改造的犯人，吴波却不以为然。给他分配的活，是看鱼塘和梨园。看着鱼塘里活蹦乱跳的鱼儿，瞅着开花又结果的梨树，与其说是接受改造，在他看来是享受田园生活。吴波愿意做一个普通劳动者，有时他背个筐捡牛粪，有时坐在鱼塘边上看书，夏天拿着一把大芭蕉扇。在田埂上偶然相遇，财政部的干部总会让吴波先走，大家极其尊重这位老人。

吴老看着鱼儿，瞅着梨树，看着书，又摇着芭蕉扇，在别人看来，他是优哉游哉，其实他的心一点也没平静过，他在思考问题。在这优哉游哉中，他思考了自己走过的路程，从漫漫的黑暗里寻找，到延安点燃心中的灯盏，到后来经历的风险、磨难，他感到自己坚守的“没有自我”，做一个真切的人的初衷，一路走来，不改变，不失真，虽然走得坎坷，也让他不平静，但他内心仍然坦然自若，他欣慰自己没有说过违心话，没有做过违心事。所以吴老的优哉游哉，透着坚定，也透着安然。

有了这样的心态，吴老不厌烦劳动。他尽可能多学些技能，把农活干得好一些。吴老后来的劳动主要是看鱼塘，他看得很认真。而看鱼塘，得喂鱼。他不会喂，老农告诉他：到牛棚，让牛倌弄出牛粪，你拿筐装牛粪挑到田里，每天在鱼塘里撒三四遍就行了。但吴波不会挑担子，常常是一头轻一头沉的，挑得很费力，连长看不过去，就跟连里的人商量安排点别的事让他干。他们征求吴老意见，吴老提出可不可以去放鸭子。连长张义斌说：“放鸭子你不行。”吴波问：“我怎么放不成鸭子？”张义斌说：“放鸭子要跟着跑，你跟不上呀。你不能干那个。”张义斌想了想：“这样，你去看树林吧。”最后，吴波拿个小板凳去看树林了。树林有什么好看的，无非就是让他去休息，不需去干什么事。而看树林，也不是无事可干。树林经常遭到不法分子的砍伐，吴老听到有什么动静，不怕受到伤害，把行迹诡异的人赶走，把砍树人逮住送队部处理。直到他离开沙洋，他极其认真地看好每棵树，不让一棵树无辜倒下。

他看的这片树林，树长得越来越高大，林也越来越茂盛；他看的那个鱼塘，鱼越来越多，也越长越大。吴波在鱼塘喂鱼，在林子里打理树，思考问题，也与同事谈天说地。多少次，那些精神困惑不已的同事到树林与他聊天，对他说：“真不想活下去了，这样的日子什么时候到头啊？！”吴老总是安慰他们说：“不要失去信心，坚信这样的日子是暂时的……”看着吴老时常乐呵呵的样子，听着吴老的劝慰，跟他聊天的人心里痛快多了。

1972年刚刚跨入新年，一天清晨，吴波和沙洋农场的干部学员们看到北方飞来的大雁，它们飞得很低，叫声很古怪。这时，广播里传来让人撕心裂肺的消息，陈毅元帅去世了。陈毅是被迫害而死的。吴波和大家沉浸在痛苦当中。轻易不流泪的吴波顿时泪流满面，他为国家失去这么好的元帅而痛心，也为那么多好人蒙冤受难而痛心。

“文化大革命”开始后，许多老一辈革命家和老将军不断被打倒。他们当中，有的患病含冤死去，有的被残酷迫害致死，有的身心正在受着折磨，有些被下放劳动改造。

吴波在为失去陈毅元帅而悲痛的同时，也有一件事让他振奋，那就是林彪集团被粉碎，调查也尘埃落定。吴波感到，阴谋与迫害即将过去，水落石出的日子将要到来。

北来的大雁一群群飞到沙洋，飞得越来越优雅，叫声也越来越响亮。北京传来巨大喜讯，周恩来宣布，抓紧落实干部政策工作，中央由中组部负责落实省委以上干部政策；国务院由总理办公室负责，落实副部长以上干部政策；军队由总政治部负责，落实正军级以上干部政策。

在不长的时间内，有175位将军相继获得平反。

吴波和沙洋劳动改造的同志们感到群群大雁带来了大地的春天，他们的春天也快到了。

两年后，上面来了指示，沙洋农场劳动改造的所有人结束监管改造，回京等待分配工作。离开干校回北京前一夜，吴波几乎没有困意，深夜了，他想了很多。在沙洋，转眼六年了。时光匆匆，自己已年过六十。虽然逝去了为财政做很多事的时间，想来还有后面的岁月，尽管时间也不多了，但还可以做很多事。他感到自己还有很多不足，也有很多遗憾，更有很多愿望，他要努力完善它，实现它。那晚他写了首七绝：

大梦醒来惊且呼，依然曳尾在泥涂。此身愿借汉江水，洗尽脓瘀还好肤。

喜经风雨见新图，大地春雷万物苏。好景无边寻未晚，太行王屋日荷锄。

第二天清早，离开沙洋的车子已到，虽然车在等，而吴波却到鱼塘又最后喂了一次鱼，到树林看了看从树苗长成的参天大树，也深情地仰望了许久沙洋的天地，情绪深沉地上车了。这已经是 1974 年的冬天了，北京飘着雪花，寒风嗖嗖，吴波回到了北京。

回到北京后的日子也是漫长的，落实政策、分配工作，还没有时间表，只是通知等待。这一等，又等了近四年，最后在周恩来总理的关心下，吴波才彻底得到平反，恢复工作。他又回到了财政部。

吴波回到北京后，常常怀念沙洋的同事和那段时光。他翻出离别沙洋的前一夜写的那首诗，看了好几遍，不知是他感到留着它没有必要，还是写得不满意，他把原稿扔进了废纸篓。废纸篓里的东西被装进麻袋要送去销毁，结果被一位在部长办公室当秘书的有心人捡了起来并悉心保存，才留到了今天。今天读来，依然令人倍感亲切。他这样一身清白、出淤泥而不染的人，在经历了这么多磨难之后，人格品德已经修炼到纯粹的境界，还时时在警告自己，“依然曳尾在泥涂”，努力要借汉江水洗尽脓瘀，永葆活力和纯洁，还要面对两座大山，日日荷锄，挖山不止，显出吴老即使受到莫大的委屈，依然对人生怀着满腔的热爱，在执着追求着生命的高度。

第八章
举贤让位财政部长

1980 年 8 月 6 日经中共中央决定、五届全国人大常务委员会第十五次会议通过，免去吴波的财政部长职务，任命王丙乾为财政部长，这一消息在社会各界引起很大反响。许多人，特别是了解情况的人，都为吴老这种主动提出不当部长、推荐王丙乾接班的精神所感动。

吴波刚刚当了一年财政部长，就把财政部长位置荐贤让给了年轻的副手。他说，中央提倡领导干部年轻化，他非常赞同：把位置让给年富力强的同志，让他们趁早进入主要领导岗位，对国家事业有利，也对个人成长有利。吴波让贤，不是自己身体不行，而是对部长官位看得淡，是从国家利益出发想得高远。有记者赶到财政部采访，然而一连两天都没见到吴老。

吴老虽然不当部长了，但他并不清闲，他在忙交接班的事，也是在躲避记者采访。吴老很谦虚，不希望报纸宣传他的事情。为使广大读者了解吴老举贤荐能的具体情况，那个记者在一天晚饭后，便径直去吴老家里采访。他眼中看到的吴老的家，是一个很普通的小四合院，大门经风雨剥蚀已经褪了颜色。当他叩门而入说明来意后，吴老的爱人邸力说，吴老还没回来。他看看表，已经是晚上了。邸力接着说，老干部交班，让年富力强的同志在第一线工作，中央有指示，这是很平常的事情，没有什么可说的。正谈话间，吴老回来了，这时已快晚上八点。74 岁的吴老，清瘦的脸庞，高高的个儿，背显得有点弓，略呈老态。

吴老很健谈，讲话不快不慢，分析问题很精辟。他说："我自己的事情没什么好谈的。由于'十年浩劫'，有不少地方、部门的领导班子老化，这种情况不适应'四化'建设的需要。现在中央提出领导班子要年轻化一些，我坚决拥护。但是，具体到各个地方和单位来说，不能'一刀切'。有些领导干部虽然像我这样大的年纪，但身体好，还能继续工作。我认为应该让他们工作。有的单位领导干部年龄大了，需要有人接，但如果不具备条件，一时没有合适的人来接班，那也不能马马虎虎交班。这要根据各个单位的具体情况而定。"接着吴老又说："财政部的工作相当繁重，既原则，又具体，从方针、政策到具体花钱的事都得管。财政部是个综合部门，它的工作关系到左邻右舍，每天打交道的人很多。搞财政工作，对整个国家的财政情况要经常心里有个数，不然就没法做好工作。我确实身体不好，记忆力差，感觉迟钝，已经不适应财政部长的工作了。财政部现在有一个比较合适的领导班子，又有王丙乾同志可以接班。我退居第二线，让王丙乾当部长，挑重担，这样做，对党的事业有利，对我自己也好。从财政部的具体情况看，这是正常的。”

吴老推荐的新部长王丙乾，55 岁，1939 年参加革命工作，在财政部先后当过科长、处长、司长、副部长等。在财政部举行的交班会上，吴老是这样介绍王丙乾的：“王丙乾同志是坚决拥护党中央十一届三中全会以来党的路线、方针、政策的。他政治上比较强，接受新鲜事物比较快，肯于学习，生活朴素，在财政部有威信，有工作能力，能够胜任财政部长的工作。过去一年多，我是当参谋，很多工作是丙乾同志做的，实际上已经挑起了担子。”会上，吴老还讲了王丙乾的缺点，并对他提出了今后的希望。

王丙乾也在会上讲了话。他说：“组织上的决定我服从。我应尽最大努力做好工作。吴老把我说得太好了，而对他自己说得太少了。吴老多年来工作勤勤恳恳、严谨认真，是我们学习的好榜样。吴老说他过去一年来当参谋，不能这样说。我是做具体工作的，当部长担子太重。好在吴老等老同志都还在部里，大事情请他们出主意，依靠党组和全体同志的努力，有信心搞好工作。

如果搞不好，我主动下台。”王丙乾同志讲完话，吴老当众宣布要搬出部长办公室。

王丙乾当然不会同意吴老换办公室的意见，但吴老执意搬出，并在会后亲自找有关同志办理。王丙乾没有办法，只好和吴老换了办公室。吴老当顾问以后，对部里的工作仍然很关心，对一些重大问题总是积极提出自己的意见。

吴老交班的时刻已过去几十年，至今仍然让当时在会场的财政部干部难以忘怀。财政部原干部赵玉琢清晰地记得，那是在财政部召开的党组扩大会议上，各司局长大都参加了。会议开着开着，吴波从衣兜里拿出一张纸说：“我有些话要对你们大家讲，这是我给中央的报告。”报告的大意是，他年老体衰，改革开放以来财政任务重，自己已经跟不上时代，特别需要年富力强的同志来主持财政部党组的工作。他力荐王丙乾同志担任财政部长。理由是王丙乾同志的年龄合适、业务熟悉、政治坚定、工作细致、有把握大局的能力，已在副部长的岗位上工作多年，并且是从基层员工逐级升迁上来的干部，有基层工作的经验和领导工作的经验。

其实，那时候部委机关还没有像现在这样有一套以年龄为界限的严格离退休规章制度，老同志是否离开领导岗位完全看身体情况和考虑工作需要。吴波部长这封上报中央的“举贤书”，让与会的财政干部非常意外。

财政部原预算司副司长李慧中也见证了吴老让贤的那个交班的场面。她说，那是1980年8月5日下午3点，在二楼会议室参加一个会议，吴波部长主持会议，与会同志都静静地坐着，很严肃。她记不清吴老开始讲什么话了，只记得他很认真地谈到王丙乾工作、学习等方面的许多优点。吴老说，丙乾同志第一是好学，财政经济的书以及国外的有关书他读了不少，能紧跟形势；第二是工作勤奋，能从大局考虑问题，对党的路线、方针、政策把握得比较好；第三业务熟悉；第四考虑问题全面周到、负重稳健，丙乾同志具有高级领导干部的条件。吴老又接着说，自己年事已高，身体也不太好，就把这个位子让给丙乾同志，吴老认为他能够负担起这个责任来。当时会议室气氛很紧张，没有人发言。

李慧中回忆说，接着王丙乾以低沉而又缓慢的声音发言，谈了自己的缺点，说恐怕担负不起这个担子来，又说，“既然吴老要这样做的话，我只能试一试，如果不行再说”，等等。实际上这个会是一个“交班”形式的会议。当时大家认为，从吴老的政治水平、政策业务能力、德高望重的优良品质、身体条件等方面来说，继续当部长是完全没有问题的。但是吴老选择这种方式推荐王丙乾当了部长。他毅然决然地将财政部长位置让贤给丙乾同志，真是胸怀博大。

“吴波同志是我尊敬的老部长，在财政部历任老部长中，我和他认识得最早，在一起工作的时间最长，给我的教育也最深。”王丙乾说，他从吴老身上学到了他的人品，学到了他的理财思想。

1947年，王丙乾在冀中行署财政厅工作，吴波则在晋察冀边区工作，因为王丙乾经常要到晋察冀边区财政厅汇报冀中区的财政预算，那个时候他们就认识了。之后从华北人民政府财政部到中华人民共和国成立后的国家财政部，一直到1980年，王丙乾始终在吴波领导下工作。王丙乾说，没有吴波和老一辈领导的培养，他不可能成长起来。

王丙乾说，由于“文革”结束后两年的冒进，国家财政在1979年和1980年连续两年出现巨额赤字。就在围绕财政赤字是否有害、是否需要坚持“两平一稳”方针等争论处于高峰阶段的时候，吴波提出辞职，并推荐他接任。说句实话，他当时也没有想到自己会接替吴老担任财政部长。对于这一职务变动安排，他感到很突然。

1980年8月6日，中共中央发出通知：“同意吴波同志的要求，免去他的财政部部长、党组书记职务，改任财政部顾问、党组成员。王丙乾同志任财政部长、党组书记。”传达文件之前，吴波安排了一个非常平静的交接仪式。

王丙乾说，交接会议召开前，他已经知道这件事，但是参加会议的许多同志都还不知情。一进会场，大家感觉气氛很严肃。吴波亲自主持会议，他的神情也不像平常开业务会那样。会上，吴波首先很严肃、很认真地说，王丙乾同志第一是好学，坚持学习钻研财经方面的书，还有国外有关方面的书他也读了不少，能紧跟形势；第二能从大局考虑问题，对党的路线方针政策把握得比较好；第三工作勤奋，长时间积累下来，对业务工作很了解，预算管理、财政体制等方面还很精通；第四考虑问题比较全面周到，能够负重稳健，具备高级领导干部的素质条件。说到这里，一些参加会议的同志还感到很纳闷，弄不懂吴波讲话的用意。

吴波接着说，自己年事已高，身体也不太好，把财政部长这个位子让给王丙乾同志，他觉得王丙乾能够担负起这个责任来。此话一出，会场沉寂了，没有人发言。吴波讲完后，要王丙乾发言。王丙乾说了自己的一些缺点，说："恐怕担负不起这个担子来，既然是吴老要这么做，我只能是试一试，如果不行再说。"之后，吴波就把原来的办公室腾了出来，虽然大家一再请求他不要挪动，但是他坚持要搬到另外一间更小的办公室里，并全力帮助新部长尽快熟悉新的工作岗位，心甘情愿地当好自己的顾问角色。

就这样，吴老以一种平静的方式完成了共和国财政部长职位的交接。

王丙乾说，吴波从不把职务、地位看得很重，他认为职务和地位只不过是向人民承担责任的标志，职务越高，责任越大，肩上的担子越重。“高官”绝不是吴波的向往和追求。吴波让贤之前，其实是经过长时间考虑的，曾向中央和国务院写过报告。吴波主动辞去领导职务，带着财政部几代干部对他的尊敬与不舍退居二线，成为财政部的顾问。回想起来，王丙乾感到自己从一个农村孩子成长为领导干部，首先是党培养的结果，同时也感到很幸运，在他身边总有一批思想觉悟高、业务能力强的领导，帮助他、信任他，使他能尽快成长进步。在根据地时期，编预算的时候吴波给了他很多指导。进北京以后，财政部的几位部长包括戎子和同志等都很支持他的工作。

李慧中说，吴老远去了，他那伟岸的身影，他那敬业的精神，他那律己的品德，却永远地留在财政人的记忆里。财政人分明感到，吴老就像一座高山，离开大家越远，就越显得伟岸，也影响着后来的人。

王丙乾自 1980 年 8 月担任财政部长，在任长达十二年之久。他任部长期间，也是国家财政较困难的年月。其间，除 1985 年收支平衡略有节余外，年年都有一定数额的赤字，需要与可能的矛盾相当突出。王丙乾勤奋努力，工作取得了很大成绩，财政在促进经济发展上起到了关键作用。随着财政收入增加，国家实力得到增强，从而积极支持了国家经济建设和各项事业的发展，特别是支持了经济体制改革的成功实施。王丙乾为财政工作做出了显著成绩，之后他由部长改任国务委员。人们称吴老为“伯乐”，他当之无愧。

吴波让贤财政部长职位，意味着仕途的终结。事后有人说，吴老再坚持干上几年，就坐到国家领导人位置了，多遗憾。可吴老却从来就没有这样想过，自然也就不存在遗憾了。

第九章 他是一个“两头真”

胡绳有首诗，自谓“四十有惑，惑而不解，垂三十载”。他说自己是一个“两头真”的革命者，并自勉：尘凡多变敢求真。吴波对胡绳“尘凡多变敢求真”追求“两头真”的自勉，深有同感。他说自己也属于一个“两头真”，从头到脚死认一个“真”；从年轻到老，面对当亡国奴的危险，冒险找共产党，真心抗日救国；面对复杂环境的疑惑和问题，真心反思，敢于担当，不当糊涂人。因而，说真话，做真事，成了吴波一生做人做事的风格。

吴波追求“两头真”，其实是追求真理。哪个是真理，真理在哪一边，他就认哪个，就站在哪一边。在“文革”期间盛行“不说假话办不成大事”、说假话成风的环境下，吴波坚持说真话不说假话，不仅举步维艰，且要得罪人，很容易招来灾祸。他却不怕得罪人，不怕给自己招来灾祸，反而感到如果讲假话、做假事，比得罪人、招来灾祸还要不安。他说，做人说话，就要说真话、做真事、做真人，这是人的品格；做人高贵与贫贱不重要，重要的是要有人的品格。

他从不怕得罪人，无论是部下、同事还是上级；坚持做真事不做假事，说真话不说假话，无论面临多大困境，决不丢弃“真”字。吴波坚守“真”，自然是逆水行舟，从而遭受了不少不公正对待。而一次又一次的磨难，也检验了他的人格、人品。那些点滴事情像是散落的珍珠，虽然很微小，却散发着耀眼的光芒。

一

1953年年初的修正税制中，财政部提出“公私一律平等纳税”的税制修正方案，被认为犯了“右倾机会主义”路线错误并受到批评，吴波把责任全部承担下来。他没有发牢骚、没有怨言，依旧和往常一样埋头工作，直至逝世前，从未做过任何辩解。

20世纪50年代，在一次中央召开有各省各部门领导参加的会议上，财政部汇报了开展税收财务大检查的情况，吴波批评了一些地方瞒报收入和支出违规问题，客观地指出近两年财政还有赤字，需要采取措施来解决，不能忽视。结果引起一些同志的非议，说财政部吹冷风，泄干劲，怎么老说赤字啊！一时使得会议气氛很紧张。一些同志后来将这个情况反映给陈云，陈云看了吴波的发言稿后，说吴波讲得对嘛，一些人才把这件事放下。

在反右派斗争中，财政部一位司长在外单位学习期间，因一时言语激烈，被外单位划为右派。吴波根据该同志一贯的良好表现，本着对党负责的精神，实事求是地向外单位介绍情况，不避嫌疑，不怕牵连，提出不同的处理意见。他保护了干部，可有人说他是那个被划为右派分子的司长的“后台”，吴波不理睬，仍然坚持对这位司长的看法。

在“大跃进”中，全国刮起的“共产风”对经济造成很大的破坏。他针对各地财政大放“卫星”、虚增虚支等危害现象，汇集了大量实际材料，冒极大风险向中央如实反映存在的严重问题。那是一份内容详细的厚重材料。为了这个材料，吴波从财政工作的角度，调查了十几个省市，把财政经济放“卫星”的情况，做了如实的叙述与分析。当时有人替他着急，劝他千万不要写这样的反映材料，弄不好是要坐牢的。吴波也想到过这份材料一旦被上纲上线，后果将非常严重。可他又想，财政工作是容不得半点虚假的。虚假，是害国害民，是要误大事的。他决意冒这个险，说真话，尽到一个财政干部的职责。他的材料报到了中央，后来虽然造反派把它当作“反党反社会主义”罪证，但吴波还是很从容地说，他说的是真话，你们怎么理解是你们的事。

在我国经济困难时期，机关职工蔬菜也要定量供应，为解决干部食堂的吃菜问题，有块闲地种了几年菜，后来蔬菜困难的问题解决了，就不再种菜，栽上了葡萄树。为给这块地建围栏，行政司做了一个投资200多元的插竹篱笆的预算，送到吴波部长那里。他看后批示说：“要重新计算一下，是插竹篱笆省钱还是拉铁丝网省钱？”经过重新测量计算，拉铁丝网比插竹篱笆节省二十多元。吴波部长才批准了这个预算。

很快这件事在财政部传开了，有的同志认为，吴部长太小气了，相差二十多元钱，还让行政司重新做个预算，岂不是小题大做吗？但吴部长认为，在财政部门工作的同志一定要明白，中央财政工作事关大局，任何大手大脚的想法做法都是不正确的。虽然财政部每年收入数千亿元的资金，但都是税务员们从纳税人那里几元几角甚至几分钱收上来的，是人民的血汗钱。吴波不厌其烦地对大家说，财政收入是一点一滴积累起来的，就像涓涓细流汇成的大江大河，不能因为财政收入多了，就不认真计算，随意花钱。为国家富强，把账算准算细，节约每一元钱，应当是财政干部必须具备的素质。无论是基本建设投资，还是事业经费拨款，都应当精打细算，绝不能大手大脚，更不能铺张浪费。要把一个钱当成两个钱用，少花钱多办事。

1964年，在“四清”运动中，吴波带队在河北唐山市工作。看到一份文件上说，某地基层干部三分之一烂掉了，组织上要处理这些烂掉的干部。吴波了解到所谓干部三分之一烂掉的结论不实事求是。他感到有责任说真话，说实话，说直话。而说真话的后果会是什么，他当然清楚，会引火烧身。他没有顾忌这么多，他要为自己见到的实情说实话，哪怕说实话的代价再大，也不能让自己内心不安。他对这个公社进行深入调查，用大量事实证明，当地基层干部大部分是好的或比较好的，有问题的只是个别人。他写了否定这份文件说法的调研报告，如实向中央反映了情况。中央对吴波反映的情况很重视，纠正了文件的偏颇，保护了一批基层干部。

“文革”中，造反派批斗吴波，意在打倒李先念，吴波成了先头“靶子”。造反派喊着“造反有理”的口号，气势汹汹地呵斥吴波，逼吴波交代问题，吴波沉默以对。造反派气焰一天比一天嚣张，他们在财政部到处搜寻材料，还要求吴波揭发李先念，被吴波断然拒绝。运动在不断升级，批斗也在升级，白天晚上轮番审问吴波，逼他揭发李先念的问题。造反派污蔑他为走资派、反动权威，停止他的工作，随时揪来批斗。造反派批斗他的方法很恶毒，打他耳光，不让他睡觉，用恶言恶语辱骂他。有一次，造反派白天批斗完吴波，深夜把他揪出又批斗。他们号叫着逼问他，如若再不肯揭发李先念的罪行，就要采取最严厉的专政。最严厉的专政是什么，吴波当然清楚，就是关监狱。吴波仍然无话。

造反派朝他拳打脚踢，吴波铁骨铮铮，坚决不说违心话，不推卸责任，自始至终把所谓的错误扛在自己肩上。

1979年4月，党中央提出对国民经济实行“调整、改革、整顿、提高”的“八字方针”，力求通过调整当时严重失调的经济比例关系，把遭受“文革”破坏的经济尽快恢复起来。吴波紧紧抓住这个重要环节，不仅致力于控制固定资产投资规模与提高投资效益，致力于增加发展农业和轻纺工业资金，致力于减轻农村税收负担与提高城乡居民收入水平，而且指示财政部科研所深入开展调查研究，并以财政部经济问题调查组名义，编写了十多期《经济调研简报》，直接报送中共中央办公厅、政策研究室、中财委等单位，积极、如实地向中央反映当时存在的基建规模过大、国家财力不堪重负、盲目引进国外技术与设备等问题。经历过“文革”严酷政治斗争的财政部老干部们对于吴波用简报直言不讳地向中央反映情况的做法着实担心。担心的理由，不是反映了什么问题，而是反映的问题太具体、太直白、太尖锐，不仅直接指出部委的问题，还牵扯到中央领导。这样的情况反映，说的是真话、直话、实话，而得罪的可是预算部门和上级领导。参加调研和写简报的几位老同志劝吴波说，这样的简报触及部委，又关乎大领导，慎重考虑为好，否则有后患。吴波说，感谢大家对他的关心爱护；顾虑是有道理的，但不要怕，有后患他担当，做财政部长不能不说真话，不说真话就无法当财政部长，也无法干好财政工作。他还是冒着得罪人的风险，把一期又一期简报报到了中央。

说真话，说直话，说实话，当然是要得罪人的。有人说吴波不讲情面，甚至提出了指责，但简报得到了中央领导的重视，所反映的问题得到了较好的解决，一些盲目花钱的做法得到纠正，虽然得罪了一些人，堵住的却是浪费的漏洞。吴波对大家说，要在管好钱和得罪人之间选择，他宁愿选择得罪人，也绝不放弃管好钱。

吴波的求真到了丝毫不马虎的程度，无论是做一般工作，还是担任部长，研究问题，批阅公文，常常是夜以继日。夜以继日，不是效率不高，而是他太细了。每份文件、每个问题，不搞准确、不搞透彻绝不放过。特别是研究问题时，吴波细到了不自上而下搞几个回合的调研，不反反复复地研究和听取不同意见，就不提出方案的程度。

二

北京西城区三里河的“老住户”财政部机关，至今挤在两幢办公楼里。北楼是中华人民共和国成立初期建的，南楼是十多年前建的。机关在同一个胡同，却不在一个院子里。后来成立的一些单位挤不进楼，分散到了周围和其他地方。两幢楼的办公室也很紧张，大都几个人挤在一室，来了客人没地方坐。各地到财政部办事的人都说："财政部办公条件太挤了！""财政部该建幢办公楼了！"是啊，太挤了，挤得像三里河的街，每个办公室都满满当当的；早该建幢办公楼了，把分散的机关集中到一幢楼里多方便。

盖幢财政部机关整体办公楼的呼声，历任部长都听到过，可为什么没有盖呢？是财政部没钱，还是国家不会同意？都不是。国家每年财政收入越来越多，拿点钱改善一下财政部的办公条件，应当不成问题。可是，财政部很多年都没有启动改善办公楼的计划，这是为什么？有两个原因。一个是财政部从吴波等老一辈财政人开始，就有了一个传统——艰苦朴素。虽然管着大把的钱，若要花在自己身上，就不会做这样的预算。二是国家用钱的地方太多，财政人虽管着很多钱，但深知国家的钱太少，这些有限的钱，真舍不得花。

20世纪50年代中期是我国国民经济恢复和大规模经济建设到来的时期。那时候，财政部在北京复兴门外大街真武庙小区建家属宿舍，留下了一块空地，计划以后建礼堂。财政部有几百人，每次开大会都是借用其他单位的礼堂用，很不方便，从各方面考虑，建一个礼堂是应该的。部里正筹措建礼堂的时候，国务院发了一个通知，对有的单位讲排场、摆阔气，大建楼堂馆所提出批评。财政部在吴波主持下，主动取消了建礼堂的计划。

这简朴风格的形成，与吴波的简朴作风影响有很大关系。

吴波任部长期间，正是国家财力十分吃紧的时期，用钱的地方很多。他提倡财政部带头简朴工作、厉行节约。这就使得大家在现有基础上对办公条件最大限度地挖掘潜能。那些买好车的建议一次又一次被他压了下来。他说车子都是国管局配的，不许自己买新车。配的车子都不是高档车，也都成了旧车，使得财政部没有一辆好车，一遇到去机场接送外宾的任务，司机班的同志就犯难。后来，财政部有关部门买了几辆奔驰车，吴波不仅在部机关全体党员大会上做了严肃批评，自己还做了对有关部门管理教育不严的检查，并把买回的几辆车全部上缴国务院国家机关事务管理局。

在世人眼里，财政部长手握大权，掌管着国家的钱袋子，总不会把自己搞得太清苦吧？但吴波把自己的需求压缩到最低。当时，财政部的办公条件很艰苦，炎热夏天没有空调，连电风扇也没有，部长办公室也如此。酷热难耐的时候，也只能是一把扇子、一条湿毛巾。有一年夏天异常热，办公室里像蒸笼，热得人大汗淋漓，很多人都中暑了。吴波年龄大，身体弱，酷暑使他吃不下、睡不好，工作又累，人很快消瘦了。

办公条件太差，总务处要给吴波配电风扇，吴波说不要。总务处长报告吴波："电风扇已选好了，价格很优惠，就买一台吧？"吴波坚持不要。面对酷暑，大家不理解，这么热的天，年轻人还好说，像吴老年龄这么大的人，配一台电风扇理所应当，不仅有利于工作，也有利于身体。吴波说，这个苦他吃得了，这个头他不能带。财政部机关如果每个办公室都配一台电风扇，全机关得多少？财政部带了这个头，其他部门每个办公室都配一台电风扇，那是多少台，会花国家多少钱？不是宁要吃这个苦，而是没地方开支这么大一笔买电风扇的钱。吴老坚守清苦，大家理解了，为国家节省钱，财政部义不容辞。

吴波的简朴，到哪里都一样。1957 年，他到上海搞税制改革调查研究。由于时间较长，上海饭店的房价又高，他提出局级干部两人住一个房间，秘书住一小间，节省了开支。1976 年，吴波为摸清"文革"后地方财政的实际情况，决定亲自做一次调查研究。到第一站山东时，发现五部小轿车一字排开，几位处长在车旁等候。吴波严肃地说："只要一个人陪同，去辆面包车，小车一辆也不要。"在他的坚持下，吴波和工作人员同乘一部面包车开始了对山东的调研。一个星期后，一行人乘火车到了泰安，接待人员让他乘坐红旗牌轿车，被吴老婉言谢绝。他硬是和大家一起挤在一辆北京吉普车里。

这样的事例，财政部的同志能讲出许多。

财政部的人了解吴波，这样坚守简朴的生活习惯，不是做给谁看的，也不是给自己脸上贴金，他是一个真实的人。在吴波看来，当财政部长的如果稍有不节俭，铺张浪费之风就会蔓延，社会风气就会随之变坏；相反，节省下来的钱，可以帮助群众或有困难的职工，是一举两得。吴波是个真实得容不下半点虚假的人。

三

吴波追求的是真，做真实的人是他无法改变的习惯。

生活中吴波是一个极其平凡与普通的人，是位可亲可爱的长者。财政部干部对吴老的朴素、可亲、可敬，有着太多的赞美。当中国财政杂志社的刘凤桐回忆起吴老时，话语中包含着深深的感动。他说，想起吴老，让他感动的是，离休后的吴老以普通党员的身份走入他们中间，是那样朴实而令人钦佩。

刘凤桐说，那是当年吴老卸任部长之后，有一段时间编入他们党小组，当时刘凤桐是党小组组长。吴老来时，他心里既高兴又不安。高兴的是，能与老部长坐在一起过组织生活，可以面对面地谈心，聆听意见和教诲，直接感受老前辈的风范；不安的是，吴老资历深、地位高、水平高，他们这些年轻人与吴老在一起，总感觉反差太大。而当吴老第一次和他们一起过组织生活时，他之前所有的顾虑都顿时消失了。吴老神态慈祥平和，轻声慢语，和同志们一样地发言，使他感觉，静坐在椅子上的老领导只是一位和蔼可亲的长者。

虽然吴老的发言他大多记不起来了，但有些话至今还在他脑海萦绕。刘凤桐说，20 世纪 70 年代末 80 年代初，国家经济底子薄，财政规模小，每年财政收入增长一般是四五十亿，有时略多些。改革开放以来，以经济建设为中心，各方面都想把经济和社会事业发展快一些，而这需要很多钱，于是大家的目光聚焦到财政部，一度出现所谓“积极预算”的说法，意思是安排年度预算时应该把支出盘子打高，收入缺口想办法在预算执行中“积极”填平。这实质是要搞赤字预算。当时财政经济很难承受，风险很大。在一次党小组会上，人们热烈议论。吴老像是说给人听又像自言自语地轻声说：“要是一年增收二百亿就好了。”声音轻微，不知别人听到没有，可他清楚地听到了。蓦地，他感到自己的心像突然被撞击了一下，深深感到这位离任的老领导对财政工作依然那样忧虑和关注。

当时的党小组会因为种种原因，有时能按时开，有时不能按时开，有时干脆是临时安排的。吴老年岁大，身体不太好，他的家离部机关又比较远，有时开党小组会就没通知他参加。后来他知道了，就通过秘书传过话来，以后开党小组会议一定要通知他。吴老再来参加会议的时候，刘凤桐向他解释。吴老平静慈祥地表示谢谢，然后说，参加组织生活是党员应该遵守的组织纪律，开会一定要通知他，他若身体不好或有什么事不能来，再向组织请假。刘凤桐心里很惭愧，敬佩地接受了他的意见。

刘凤桐是党小组组长，党费当然由他来收。吴老的党费每次都由秘书按时代交。有一次，刘凤桐发现吴老交的党费多了好几十块钱，便问吴老的秘书是怎么回事。秘书说，这是按国家规定给老干部请保姆的补贴，吴老不要，让交党费。刘凤桐问为什么不要，秘书说，吴老说请保姆是为了照顾自己，自己工资高，请保姆的钱应该自己出。刘凤桐只好收下。刘凤桐想，享受国家规定的待遇无可非议，可吴老却做了这样的处理，真令人敬佩。

吴老对自己要求严格，对部机关作风也严得很仔细。有一年部里买了几辆奔驰轿车，当时听说是通过外事口买的二手车，因此车好价格也便宜，按说也不是大问题。但知道其内情的，自然能理解；而不知道情况的，一看数辆高级轿车出入财政部机关，其影响可想而知。吴老知道这件事情后，在三里河工人俱乐部里召开的一次部机关全体党员大会上，对此事提出了批评。

会散了，返回部机关的路上，人们边走边议论。有的人好心地说：“吴老也真是的，自己一身清廉，也离任了，还管这事干什么？叫人家不爱听，白得罪人。”也有的说：“吴老讲得好，应该批评。”到底是财政部，几十年形成了好风气，吴老谆谆告诫后，没多久，这事就妥善解决了。

四

“吴老关心同志们进步和业务水平的提高，采取的办法是言传身教，再就是组织大家学习，或送往学校深造。如有机会，就带一些同志参加高层次会议，或拜访领导同志，使之见世面，受熏陶，这种办法很奏效。”王丙乾说，吴老对他很关心，特别是政治上的关心。他担任财政部长时，还比较年轻。有一次河北省报刊上登了一篇题为《一个年轻干部当了部长》的文章，大加赞扬。有同志问吴老财政部的报刊上登不登，吴波说，少宣传，多做事；并把此事亲自告知他，对他关爱有加，使他深受感动。1985 年，秘书姚文刚陪吴老去陕西出差，写了一篇《吴波同志二三事》，登在《中办通报》上，后被《人民日报》转载。吴老知道后，说了他整整一个星期，不让他以后再发表类似的东西。

王丙乾回忆说，1980年在人民大会堂开会时，姚依林告诉他，吴老准备退下来，中央决定由他当财政部长，要在即将召开的人大会议上做预算报告，并出席世行年会。这个决定出乎他的意料，当即请姚依林建议中央同意吴波在人大做一次预算报告，并出席世行年会。姚依林说：“吴波为人你是知道的，他不会同意。”

吴老三起三落，屡遭不幸，蒙冤受害，却始终没有怨言。“面完达摩十年壁，换得金刚百炼身。今日灵山问证果，此身犹愧净无尘。”他在20世纪80年代初写下的这首诗，字里行间体现出一个人的坚定信念、广阔胸怀、远大理想和高尚情操。

吴老凡是能给予他人及社会的，他都毫无保留地奉献；凡是他人或社会给予他的，他却毫不犹豫地推让。他像一支蜡烛，燃烧着自己，照亮了别人。

第十章 烙在人心的感动

一个把高贵人格、高尚人品举到头顶的人，那自然是不说假话、不说违心话的人。这样的人，说真话，说真心话，说的是对得起良心的话。

吴波在大难临头时不说假话，在可以保全官位时不说假话，在反对和伤害自己的人面前不说假话，在面对引火烧身的人和事时不说假话。他做人，做事，崇尚真实，坚持真实，也用真诚的心向面临困境的人伸出温暖的双手，甚至对伤害过他的人宽容到了使对方无地自容的地步。

他以真实的心，保护了许多将被踩到深渊的人。有一个被他三次保护而脱险的人，到了晚年，还一直念念不忘吴老保护他的恩情。他多少次给别人说过吴波保护他的事，而且想让更多的人知道吴波的正义和高尚。因而他的心上一直放不下一段经历，其实不是放不下那些伤痛，而是放不下吴老对他的恩情。尽管在吴老看来是做了一个正派人该做的事，并不认为是做了有恩于别人的事，他却把吴老几次保护他的事，当作恩情来纪念。

他年老体弱已经写不了文字了，但他渴望把这段刻骨铭心的感恩见诸报端，以表达对吴老的深切怀念。他给中国财经报社打电话，请求派记者来采访。于是，报社派资深记者对他做了采访。他向记者提起吴老，竟然泪水潸潸，那深情的表述，足以见得那件事关乎他的命运，他便是中国建设银行原副行长赵玉琢。“吴老三次保护了我”，他说起吴老的往事，情绪很激动。

“我在工作中情绪容易激动、冲动，有时办事还很冒失、莽撞，但我所做的事都绝无私利、私心，这一点吴波同志看得很清楚。因此，每当我工作中出现危机时，吴老总是第一个站出来保护我，体现出一个老党员、老领导对下级的关怀和爱护。三次力保，让我终生难忘啊！”赵玉琢对吴波的感激之情溢于言表。

第一次是1966年，赵玉琢在建设银行军工拨款三处当处长，掌管全国几十个直属办事处。直属办事处都远离市区，大多设在二机部的企业里面，有放射性污染，环境不好，因而直属办事处的员工干一阵子就闹着要调回总行。一个直属办事处就有一百多号人，轮换起来难度很大。那年年初，赵玉琢提议总行直管各个直属办事处的业务，但人事、行政管理委托当地分行代管。提议被采纳。但随后不久，总行直属第一办事处就有人写信给中央告赵玉琢泄露了原子弹的秘密。当时的党中央书记处第一书记邓小平、中央财政委员会主任李富春、副主任兼财政部长李先念和公安部长罗瑞卿等都在信上签字批示，要对此事严查严办，一追到底，决不姑息。时任财政部第一副部长吴波具体负责彻查此事。这事引起中央领导和公安部长的高度重视，赵玉琢感到大祸临头了。

吴波叫他来了解情况，问得很细，他如实向吴波说明了情况。吴老向赵玉琢了解了真实情况后，当即拿起桌上的毛笔，以一手潇洒娟秀的蝇头小楷，在信笺上写起信来。他上书中央，说调整办事处人员行政主管部门是减少层次、提高效率。经查实，如此调整后没有发现泄露机密的行为，也不存在失密的可能。上告事件系因总行直属第一办事处的个别同志对人事、行政归属问题存有不满情绪所致。落款之后，他还加盖了一枚“吴波”个人名章。这封信送上去后，再没人提及此事，算是销案了，“原子弹泄密”危机就这样被解除了。赵玉琢提到嗓子眼的心，落下了。

吴波在关键时候给他说了公道话，为他排除了险情，这事让赵玉琢万分感动。赵玉琢不知如何感谢吴老，和老伴想来想去，买了一份礼品，去答谢吴老。没想到，赵玉琢离开吴老家时，吴老硬是把礼品又让他带了回去。心怀感激的赵玉琢坚持要把礼品留下，吴老说：“我是在实事求是地反映情况，你本来就没问题，何必要感谢呢！”吴老让他把礼品带上，乐呵呵地把赵玉琢送到了门口。

第二次是 1979 年。时任财政部长的吴波召集各司局开部务会议，讨论全国财政工作会议上会文件，基建司派赵玉琢参加。他看到建设银行管的基建储备资金科目被取消并入国家计委的基建拨款科目时，当即站起来质问：“为什么没有事先通知，就把基建储备资金的科目取消了？”由于赵玉琢情绪过于激动，会议变成了两大派的激烈辩论，有人对他的行为赞赏支持，有人对他怒目而视，还有人看热闹。赵玉琢据理力争，分毫不让，双方争论越来越激烈，而且有点出言不逊了。

这时吴波说话了。他赞成赵玉琢的意见，基建储备资金科目还保留，但要减少两个亿，由原来的 20 亿减为 18 亿，同时严厉地批评赵玉琢骂人不对，态度和方法有些过激。事情就这样解决了，过后吴波也没有再找他谈话。赵玉琢说，这件事如果吴老不出面，那后果是很严重的。他说，这一次，吴波在关键时刻又保了他一回。

第三次是 1983 年。当时全国处在整党期间，中央有整党指导委员会，各部委都设整党指导小组，吴波是财贸口整党指导小组的组长。中国建设银行总行会计处的一些人，给中央整党委员会写信状告赵玉琢和刘礼欣副行长利用职权，给复兴医院十多万元盖高干病房。中央整党指导委员会把信转给吴波，责成财贸口整党指导小组核实、处理，要给党员群众一个明确的交代。吴波亲自听他的解释，也充分地相信他，认为他不会干以权谋私的事，只是给各部委在“文革”中普遍受迫害、身体状况差的老干部谋一点福利而已。拨款的手续是齐全的，只是立项的流程有些不顺。吴老在其他几个整党指导小组成员面前说：“写信的人不一定全对，赵玉琢是个好同志。”

“吴老再次保护了我。”赵玉琢说着，哽咽了。赵玉琢说，吴老接二连三地保护他，又从不接受感谢，他把对吴老的感谢埋在了心里，在吴老面前从不提起，但他对吴老的那种炽热的感激一直涌动在心里。

吴老的宽容，那是一般人做不到的。吴老的秘书说，吴老家西房的山墙后面有几间临建的住房把本来很窄的胡同挤占了，连小车进出都像“挤牙膏”似的。吴老从不说什么，也不让秘书去反映。他说，那些群众住房困难，不要去责怪他们。

即便是对那些曾经错误地对待过他的人，吴老的方式也和别人迥然有别。

“文革”期间吴老六十出头，积累了丰富的工作经验，精力上也是人生中最好的时期。但由于“文革”，他受到严重迫害，失去了十年宝贵光阴。他不为受迫害而伤感，而时常为失去精力旺盛的岁月而痛惜。“文革”后，恢复工作的吴波回到财政部就任顾问、党组成员，后来又担任财政部长。

吴老当财政部长的消息一公布，“文革”期间给他写过大字报的人，诬陷过他的人，批斗过他的人，都有点惶恐，不知道吴波会怎么整他们。

有几个在“文革”中揪斗过吴波的人，回想起他们曾粗鲁地训斥吴波，不让吴波休息，逼迫他交代问题，甚至对吴老动过手，心里极度不安。他们想，如今吴波当了部长，要报复易如反掌，随便给他们找个碴儿，哪还会有好日子过？……他们越想越怕，有的避着吴老走路，有的甚至想调离。吴老觉察到他们的不安，主动找他们闲聊。吴老说，“文革”中的事，是运动的错，也是集体的错，不完全是你们个人的过错，千万不要放不下；我这人忘事快，你们也把那些事早些忘掉吧，做好事情比什么都重要。吴老的宽厚，让不安的人心里的石头落了地。

在“文革”中曾经给吴老写过大字报和揭发信的几位干部说，吴波当部长后，他们惊恐得吃不好饭，睡不着觉，等待吴波的报复。可等了许久，也没见吴波对他们有什么动作。他们给吴波写检讨信，请他原谅他们的过错。吴波给他们回信说：“‘文革’中的错，不是你们个人的错，况且那些事我早忘记了，你们也别挂在心上，好好工作吧。”吴老的大度包容，让他们深感内疚。

吴波当部长后，不但没有利用手中的权力对任何人进行打击报复，而且多次在会上说，要宽厚待人，要爱护干部，不要以个人恩怨对待人和事……吴波清楚，“文革”浩劫，受害的不是个别人，而是一群人，是一个民族，说过错话，干过错事、坏事的人也不是个别人，要计较起来，那又是一场灾难；只有宽容，才是最好的良药，才能治好受害人和伤人者心里的创伤。吴老在多个场合讲宽容的话，让很多人感动，也让很多人心里豁亮起来，放下了心里的包袱。吴老的大度包容让曾经伤害过吴老的人内心备受折磨，感到良心不安。

有一位曾经跟随吴老多年的部下，在“文革”期间错误地站出来给吴老贴大字报，揪斗吴老。良心未泯的他一直愧疚不安，吴老退下来之后，他主动找到吴老的秘书，要找个机会当面给吴老道歉、认错。

有一年春节期间，那人来到了吴老家，从进门就开始流泪。可是，吴老听完他的话后，非常平静地对那人说：“我不记得你说的事了。人老啦，好多事真记不清了。”那人听到这些话更是羞愧，在吴老隔壁的房间里哭了一个多小时……

沧桑世事，物是人非，拈花一笑，已泯恩仇。这就是吴老。

第十一章
大酱坊胡同 20 号的故事

北京西城区大酱坊胡同 20 号，看上去是一座极为普通的四合院。在北京老百姓眼里，这是一座很破旧的院落，年久失修，两边厢房的房柱都已经倾斜，小院和房间的砖瓦已经破损，每逢下雨天就会漏雨。吴老就在这座中华人民共和国成立初期分给他的院子里住了四十二年。

他的离休生活也是在这里度过的。

吴波在抗日战争时期担任晋察冀边区人民政府的财政处长。北平解放后，担任华北人民政府财政部副部长，中华人民共和国成立后升任中央政府财政部副部长。20 世纪 50 年代，有关部门按照党中央、国务院关于高级干部生活待遇的规定，曾给他安排过几处较大的院子，但他说自己家中人少，就挑选了这个汽车出入不便的小院，还安排秘书、司机和财政部一个普通干部三家为邻共住，后来秘书和干部怕吴老亲友来往不便，影响领导休息，主动搬走了，只留下司机一家。

1976年唐山大地震，北京受到严重影响，他住的北房客厅和卧室墙体裂开几道大缝，成了危房，一时修不了，唐山的余震还在频繁出现，也波及北京，有震动时，墙缝的土渣往下掉，震动再强一点，墙就可能会倒塌。为防震，吴波和老伴请财政部同志帮忙在床上搭了个架子。

粉碎“四人帮”之后，吴波恢复了部长职务。有一天，国务院机关事务管理局来了几个工作人员，对吴老家人说，准备对这处危房进行维修，随后把沙子、水泥、石灰等建筑材料也都运来了。吴波知道后，坚决不同意维修。他说：“‘文化大革命’刚结束，工农业生产还没有走上正轨，恢复生产所需要的资金很多，目前财政还很困难，我这房子还能住，修缮是大可不必的，只把裂缝补一补就行了，我们都应当体谅国家的困难啊！”管理局的负责人说：“这房子现在已经成了危房，再不修就更危险了。修理这房子是经过集体研究决定的，而且修房子的材料已经准备好了。”吴老还是说国家困难，能节省点就节省点，先不修吧。就这样，一个要修，一个不让修，意见不能统一，修缮房子的材料在那里堆放了好长时间。后来还是按照吴波的意见把墙体的裂缝补了补，就算修缮过了。

凡是去过吴老家的人，有种感慨、感动会在心头长久涌动。吴老曾经的秘书回忆初次走进吴老家的情景，深有感触地说，当时去吴老家时，是以一种崇敬的心情进去的，到了吴老家一看，他家的生活条件与平时自己想象中的高级领导人的家完全不一样。房屋破旧，家具破旧，连墙面和天花板的墙皮都在脱落。吴老家以前的一位工作人员说，给他从厨房端饭到房间时，多次发生过墙皮脱落掉进饭碗的事。

每一次提到维修房子，吴老都不同意。好几届财政部领导去看望他时，也劝他，可哪怕是提出来只给房子粉刷一下，也都遭到他的拒绝。吴老总是说："我离休了，已经不工作了，只能吃国家的闲饭，不能再给国家添麻烦。"

中国财政杂志社的刘凤桐至今也忘不了拜访吴老时，刻在他脑海中的记忆。那次在谈话间，他不经意地扫视着陈旧的房间，发现由于年久失修，墙皮斑驳脱落，西面花墙上半部横裂开一道很长的大口子。他不免为吴老的安全担忧，于是对吴老说："这多危险，地震后房管局就没来人给修修，再地震怎么办？"吴老平静地说："来过，没让他们修。"刘凤桐不解。吴老又说："不是不想让他们修，要是只把裂缝修修倒也没什么。你们看这房，他们要来修，肯定不会就修这个地方，全都得修，多费事，得花多少钱。"刘凤桐劝说："还是修修吧，不然太危险。"吴老依然平静地说："没关系，就两口人住，这房子也大，再地震把床搬到东边就行了。”

房子太老有危险，可吴老怕花公家的钱，执意不让修，一旦出了事怎么办？负责管理房子的人时常犯愁。直到1993年，看吴老年龄越来越大，工作人员实在怕他摔倒，就想了个主意，先做通吴老夫人邸力的工作，再通过她，用“骗”的方式让吴老外出待了两天，利用这两天时间才给他的房子粉刷了一遍。事后吴老明白了大家在“骗”他，还批评秘书，说不该替他做主。

吴老92岁后，行动明显迟缓得厉害，住平房上厕所、洗澡很不方便。这时，北京万寿路财政部的宿舍已修好，财政部领导关心吴老，安排他搬到楼房去住，他有点犹豫。他说，财政部机关没房子的新干部不少，平房虽然条件差点，但可以住下去，再加上自己年龄大了，就不搬了吧。财政部有关部门领导去看望他，劝他搬家，并说，新建的房子等部里简单装修一下就可以搬了。吴老说：“你们抬轿子，莫让我犯错误啊。”他回忆当年刚进城时分给他的住房后墙裂了，墙皮也脱落了，部里给修补修补，粉刷了一下，他还做了自我检讨，几十年里一直引以为戒，深自警惕，真是“其责己也重以周”啊！

从平房搬到万寿路楼房时，吴老反复叮咛秘书，房子不能超标，家具也不能让公家配，所有的费用必须从他工资里出，不准花公家的钱。

第十二章
他的心中有座丰碑

吴老对权力、钱财和待遇的超然、淡泊，已经到了让人不可理解的地步。他为什么对几十块钱的预算“小气”得斤斤计较，为什么不愿坐豪华专车而长期坐低档车，为什么不把儿子安排到北京而支持他们到甘肃和北大荒落户，为什么刚在财政部长位子上任职不到一年就让贤给了别人，为什么不让把破旧的住房维修得舒适漂亮一点，为什么把自己的住房不留给子女而交给国家，为什么去世后成了没有存款的无产者，为什么不计较“文革”带来的伤痛而要把国家给他的补助金全部上缴党费，为什么自己生活清苦而拿出工资来帮助贫困的人……

这是因为，吴波一直把周恩来总理和陈云等革命老同志作为自己为人做事的楷模。有人说，吴老如此超然、淡泊，甚至到了对自己苛刻，对子女严格到无情的程度，是因为他有崇高的追求，为他人想得多，为自己想得少，他也是周总理那样具有崇高人生理想的人。周总理的精神追求和内心情怀，正是吴老追求的人生之路和思想境界，因而周总理就成了吴老的人生榜样。在吴老的家里，常年挂着周总理的画像，这是因为他们一家人把周总理当作最亲近的人。

周总理对吴波的影响是从1936年“西安事变”开始的。中华人民共和国成立后吴波在财政部工作，与周总理频繁接触，周总理的高尚人格、无私无畏和严谨细致的精神风格，深深感染着吴老。

在中共中央和国务院直属机关负责人的一次会议上，周总理说过一段话，对吴波产生巨大震动：“我们的领导干部，首先是我和（会场）内的四百零七个人应该做出一点表率来。不要造出一批少爷……不然我们对后代不好交代。秦始皇能够统一中国，而他溺爱秦二世，结果秦王朝就亡在秦二世的手上……对于干部子女，要求高、责备严是应该的。”

周总理严格要求侄女侄子，吴波也严格管束孩子们。吴波鼓励几个儿子到边远地区工作生活，他也拒绝好心人对他的子女的关照，要求儿子们安心在边疆和农场工作。

工作中，吴波也从周总理身上学到了许多。

有一件事让吴波刻骨铭心，让他回味许久，也成了他的工作标准。

那还是20世纪60年代初，一天，时针已指向凌晨两点，时任财政部副部长吴波家的电话铃声骤然响起。急促的铃声惊醒了睡梦中的吴老，他迅速拿起话筒，电话那头传来总理办公室值班员的声音："总理请您马上过来一趟。"

20分钟后，吴波匆匆赶到周总理办公室。此时周总理还在伏案阅读文件，听到吴波进来，一面示意吴波坐下，一面把手中的文件递了过去，和蔼地问："这份文件你看得懂吗？"

吴波接过文件一看，是头一天上午财政部刚刚送交国务院领导审阅的一份报告，这份报告正是由他组织起草并亲自修改过的。难道会有什么问题吗？吴波抬起头，用不解的目光注视着总理。

"同志，"总理走近他语重心长地说，"我们这份文件是要给广大群众看的，可报告里面用词这么专业，老百姓看得懂吗？"

此时吴波才恍然大悟，明白了总理连夜请他过来的用意。周总理把文件一字一句做了修改后，交给吴波，缓慢而严肃地对吴波说："你们再看一下，修改好，尽快给我。"

吴波起身向周总理道别，拿起文件，快步走出了周总理办公室。

清晨，红日刚刚升起，经财政部党组修改过的这份文件，已端端正正放在了周总理的办公桌上。

听过这个故事的同志心里明白，吴老念念不忘这件事情，在很多场合讲给财政部同志听，他是要时时提醒自己及同事们，财政工作连着千家万户，只有把广大群众放在心里，让广大群众了解并理解这个事业、支持这个事业，才能保证财政工作的健康发展。

中国财政杂志社的刘凤桐深情地说，他对吴老的亲见、亲听、亲感的事，是从1977年年初参与给张劲夫部长写纪念周总理讲话稿开始的。在周总理逝世一周年时，财政部将召开一次纪念大会表达悼念之情。起草张部长讲话稿的任务落到财政部办公室资料处，领导把任务交给了他。为完成任务，除收集文件材料外，他还准备拜访与周总理工作联系较多的吴老。

一天，财政部老付带他来到西四大酱坊胡同吴老的家。这是一座四合院，正房坐北朝南，吴老住在正房。吴老的老伴邸力把他们迎进房间。室内北侧和东侧排列着许多陈旧的木质书橱。当时吴老身体不好，面色发黄，背西面东平静地坐在旧沙发里。

那天，吴老谈周总理，谈了很多。吴老说，总理精力惊人，为党和国家日理万机，有时已是下半夜一两点了，总理还在忙碌着，自己已经入睡，还常常接到总理的电话查问情况。

周总理不知疲倦地工作，他有好几个秘书轮流值班，都觉得很忙很累。周总理对秘书要求很严格，也很关心。夜里，周总理常常叫值班秘书回自己办公室休息。秘书不好意思，说：“您一个人忙不就更累？”周总理总是和蔼地说：“我是主动的，你们是被动的，老得等着我，因此我不累你们累。先回去，有事再叫你。”秘书们在总理身边虽然工作很忙，但心情都很愉快。

周总理很关心很爱护身边工作的同志，在工作作风上却十分严格。有一次组织部给总理办公室派来一个秘书，这个秘书向北京市有关单位打电话要了两张戏票，总理知道后，第二天就把他退了回去。

周总理很关心支持财政工作，常常为财政主持公道、排忧解难。吴老回忆20世纪50年代的状况时说，当时经济凋敝、百业待兴，财政很困难，各方面都很需要钱，财政压力大。有时开各大区书记会，叫他到会，各方面都要求给钱帮助解决问题，可财政部又拿不出那么多钱，他左右为难，常常是周总理出面调解。

让刘凤桐记忆最深的，是吴老回忆周总理的高超领导艺术。中华人民共和国成立初期，恢复经济急需财力，唯一的办法是通过税收多组织些财政收入。财政部考虑征收娱乐税。这个税该不该征，不同方面有不同反映，一时举棋不定。一天，周总理得知浙江一个小剧团在北京演出越剧，他用自己的钱买了两张票，让秘书送给吴波，转告吴波要他晚上去看看剧团的演出，并嘱咐吴波和剧团同志谈谈，征求一下他们的意见。这件事使吴波很感慨，他征求了剧团同志的意见，对征收娱乐税心里有了底，从而妥善处理了剧团的问题。事后吴波在财政部常常讲这件事，激励自己也告诫财政部的同志，要学习总理认真细致的工作态度和灵活的工作方法。

第十三章 儿子们的故事

吴老搞财政工作几十年，到处都有老战友、老下级，可是他从未想过要利用职权和战友关系把自己的儿子弄到身边或调到大城市安排工作。吴老常说：“孩子从学校毕业，就是国家的人，要服从祖国分配，要到祖国最需要的地方去，青年人尤其要注意到艰苦的地方去锻炼。”他还经常对儿子们说：“路要靠自己走，不能依靠父母。靠父母不能长久，那是一种没有出息的表现。”在吴老的教育和鼓励下，他的三个儿子有两个在外地工作，而且都是在艰苦的地方安家落户。

一

甘南舟曲大山里的儿子，落户山乡。

长子吴本宁大学毕业，同几个高干子弟一道主动申请支边，去条件艰苦的甘肃工作。吴本宁放弃北京优越的生活条件，却要到边远落后地区工作，是一时心血来潮，还是什么原因？他是受了吴老淡泊名利和志在为国情操的深刻影响，是想了很久才下的决心。吴老没拦他，对吴本宁说："我支持你的选择，青年人志在四方，这是一个很好的锻炼机会。可你一定要记住，既决定去，就不能中途当逃兵，要在那里安家落户。"吴老给吴本宁"约法三章"："去就得去一辈子，不能做逃兵。再有，到下边不能摆高干子弟的架子，要和群众打成一片。第三，凡是我在甘肃的熟人，你都不能去找……"

吴本宁虽然生在高干家庭，但还是能吃苦的。他从小在安徽农村过着艰苦的生活，后来，回到父母身边念书，吴老要求儿子们养成独立生活的能力，艰苦朴素，不准搞特殊。吴老为了增强吴本宁的独立生活能力，让他在北京一所中学住读，家里每月给他 20 元生活费。他除了伙食费外，还经常攒下一些钱来添置衣服或鞋袜，生活非常俭朴。

他到甘肃后被分配到了舟曲，一个荒凉贫瘠的地方。

甘肃舟曲山大沟深，实在太苦了，同去支边的五个男孩，最后只有他留在了舟曲。即使是连年自然灾害期间，他在甘南几乎被饿死，他也以坚定的毅力忍着，没有回家。后来，他在当地娶妻，再后来有了孩子、孙子，三代人都生活在舟曲，真正做到了父亲对自己期望的“坚持到底”的要求。

几十年扎根在舟曲这样山大沟深的地方，不仅仅是环境和生活条件艰苦，吴本宁还经历了数次死里逃生的风险。

有一次，吴本宁差点被山崩吞没。舟曲的山路很窄，一侧是深谷，谷底流淌着咆哮奔腾的岷江支流白龙江，另一侧曲曲弯弯地依着狰狞突兀的悬崖。正是收玉米和柿子的黄金九月，走在山路上的吴本宁等几个年轻人正大步流星地赶路，忽然传来“干部快跑！快跑！”的喊叫声。吴本宁回望身后，一个老乡正边喊边以百米冲刺的速度奔跑。“干部快跑啊，山崩了……”他们也立即拼命往前跑。一阵震天动地的巨大气浪使吴本宁腾云驾雾般飘出去几十米。他倒在了白龙江畔的崖边上。他看见身后的悬崖不复存在，山体伴随着隆隆巨响滑向白龙江。他感觉自己的脚踩不到地上，双腿悬空，身下是汹涌的江水。好险哪，差一点就被山崩推到江里了。那是 1955 年 9 月，吴本宁刚到舟曲。

还有一次，吴本宁从翻车事故中脱险。1956 年 12 月，在舟曲检察院工作的吴本宁奉命外调。那天，舟曲大雪迷漫，积雪足有一尺多厚。开长途卡车的师傅说，这种天不能出门，要翻米仓山，相当危险！可吴本宁必须如期从舟曲赶到武都。为了工作，他还是冒险登车了。

汽车翻越山脊到了山峰，然后是一溜被深雪掩盖着的大坡，车速自然加快。路太滑，刹不住车了，危险！人们惊叫着。吴本宁扯开嗓子大喊：“跳车！”他仗着年轻，机灵敏捷，一下翻到了车外。但只有吴本宁一个人跳出来了，汽车翻入深谷。雪很深，他呼唤着：“师傅——老乡——”汽车已不见了踪影……

又一次，他绝处逢生。1959年5月，已是吴本宁来到舟曲的第四个年头。这个做事极其执着的小伙子已是经验丰富的农村干部。相对说，舟曲县就是当地大都会。这天，他正在下乡。头一天接到通知，吴本宁必须在次日赶到县里，上午十点向书记汇报下乡抓点工作情况。头一夜刚下过雨，小路又湿又滑。吴本宁在山腰小路上迅速而谨慎地选择落脚点。走到山的转弯处，路面出现一片水洼，只有路当中有片稍干燥的地块。他小心地踏过浅水，迈上那片干土。不料，这块干土竟然下陷，两脚也随之沉了下去。吴本宁本能地用双臂横架在四周尚未陷落的黄土之上。向下一望，下面是深不见底的黑洞。这是一个天然陷阱。

他张望静寂的群山，渺无人迹的小路。他挣扎着想从洞中翻出，身一动洞更大了，很快陷落到了肘部，极其危险。他拼命喊“救命”，广袤的山地寂无回响。他想用身上带的保险绳，可他的手得撑住自己，他无法移动沉重的身体。

他想到了身上带的枪。他的嘴终于咬到了枪纲，又用嘴把枪摇摆到了手里，他放了一枪，又放一枪。洞口在枪的震动下又扩大了一圈。他只能用两只手抓住距他越来越远的黄土地……洞口大到四尺之围了，吴本宁只能再坚持几分钟。这时，传来了人的喊声。这不是幻听，是一个藏族妇女匍匐着在向窟窿接近，她准确地扔过来背篓里的一根绳索。有如神助一般，吴本宁抓住了绳头……

1960年，舟曲的大饥饿差点让他长眠深山。那时他还没有结婚，吴本宁说："一天六两粮，只能吃葛根，喝稀饭，能照见人的稀饭啊！我病了，是拉痢疾。我动不了时，就靠一个小铝盆，喝粥是它，洗脸是它，晚上撒尿也是它。""又挨饿，又拉肚子，谁都以为我活不成了，可我又活了过来。""人家有点东西的，有块手表的，能拿去跟老乡换几个杂面饼子吃，可我什么也没有，真眼馋啊……"

有人说，吴本宁在甘南的四十多年，其经历比起好莱坞大名鼎鼎的史泰龙、阿诺德所表演的惊险镜头恐怕也不逊色。而吴本宁却淡然地说，他很幸运，也很幸福。他凭自己的努力，改革开放之后当上了舟曲县公安局副局长。

这些苦，这些险，吴老听吴本宁说过，他为儿子能一辈子扎根在穷苦的地区感到欣慰。虽然如此，吴老对吴本宁要求依旧很严格。有一次回到北京，从"小吴"已经变成"老吴"的吴本宁得到一个信息：父亲的老友、财政部的领导来看望吴老时提出，本宁在甘南干了近四十年了，锻炼得也可以了。甘肃省领导都知道吴本宁的事，他们的意思，是不是把他调到兰州……得到这个消息，吴本宁有点动心，兰州的条件当然好，要是能调到兰州，自己给舟曲的乡亲跑跑致富门路倒也方便，还有自己岁数大了看病什么的，大城市总和乡下不一样……不过吴本宁还是摇了摇头。因为三十八年前他与父亲有个约法三章，他感到不能违反。

随着年龄增大，吴本宁回北京的次数越来越少了。有一次，吴本宁来北京看望父母，那时吴本宁已是七十多岁的老人了，大老远从甘肃回来看父母，可吴老不让派车去接他，而是让他自己坐出租车回家。吴本宁只好拎着行李、提着土特产，打出租车回家。对于吴老的苛刻严厉，吴本宁早已习惯，而且理解，没有任何怨言。

其实，从吴本宁自愿报名到甘肃艰苦地方工作，安家落户，面对相当艰苦恶劣的生活环境，面对一次次遇险，甚至生病医疗费报销不了，他都没有放弃当初的选择，没有违背父亲在他临去甘肃时交代的，要他一辈子扎根，不要当逃兵的嘱咐。是什么力量让他在这么多困苦面前没有回头？是父亲的精神的牵引。吴本宁从条件优越的北京自愿到艰苦山区工作生活，而且扎根一辈子，是跟父亲学的，是受了父亲强大精神力量的引领。

舟曲是个贫困地方，吴本宁退休后患了糖尿病，医疗费常常报销不了，即使能报销，也久久领不回钱，领回来了也领不全。儿女们想不通，而吴本宁却说：“舟曲穷，单位没钱，有钱能不给报吗？”报不了医药费，他从来不抱怨。

虽然报不了医疗费，但对舟曲有好处的事，他还是同退休前一样，愿意去做，哪怕蒙受委屈也不计较。1998 年他曾通过自己的弟弟向香港一基金会申请，募捐到 50 万元为舟曲建了一座医院。县上搞建设缺钱，县领导请他到省里争取些项目资金，他费尽周折，给县里争取到了项目资金。按照县里招商引资的奖励规定，要给他奖励一笔钱，他分文不取。有人说，吴本宁争取项目资金，拿了好几万元回扣。对于这个谣言，家里人受不了，可他不在意，也不解释，一笑了之。

吴本宁传承了父亲的思想，也把这种精神传给了他的孩子们。2010 年 8 月 7 日，舟曲县突发强降雨，县城北面的罗家峪、三眼峪泥石流下泄，由北向南冲向县城，沿河房屋全被冲毁。吴本宁大儿子住的公安局宿舍被泥石流吞没。这天晚上，他大儿子去单位值班，在家的媳妇被泥石流夺去了生命。政府按照正常抚恤金补助了一万多元。有人对他大儿子说，抚恤金太少了，找单位再补助些。他大儿子没去找。没找的缘由，是感到所有的遇难者都是这个标准，凭什么要搞特殊！

吴本宁学父亲做人做事，在舟曲四十年毫无怨言，是公安系统的先进工作者。他的二儿子吴卫军从舟曲考入大学，毕业后分配到甘肃警察学校。吴卫军虽然也受了很多苦，但他对于父亲选择以舟曲为家，把他们生在艰苦的地方，没有怨言。他说，父亲选择舟曲从没后悔，而他们生在舟曲，长在舟曲，吃了很多苦，也不后悔。儿女感激父亲，父亲不安家舟曲，也不可能有他们，更不可能成为令他们骄傲的财政部长吴波的孙子。吴卫军只见过爷爷六次，每次仅两三天，爷爷没有给他留下大领导的形象，在他的记忆中，吴波是一个慈祥的爷爷，和普通人家的老人没有什么不同。爷爷的精神却长留在他们的心里，激励着他们。吴卫军说，他们兄弟姐妹五个，同他们的爸爸一样，都没有因为是财政部长的儿子、孙子而高人一等，心理上没有，做人上更没有；也没有倚仗爷爷的影响力和他的部下、朋友，给他们办任何事情、谋任何好处。他们家几个兄弟姐妹，就他一个上大学分配到了省城，其他的都在舟曲，做着普通工作，做着普通人，生活虽遇到许多困难，但从没倚仗爷爷、父亲的影响找人关照过自己。他们学爷爷，学父亲，离名利比较远，对这样淡泊的生活没有失落感。

吴卫军和他的兄弟姐妹们学爷爷，也学父亲，身上都有吴波的影子。

二

吴波当年去延安时把孩子都寄养出去，新中国成立后才陆续找了回来。次子吴威立 1951 年由青海来到父亲身边。大学毕业后，他被分配到北京重型电机厂工作。吴波对他说，他留在北京却失去了下到农村或军队锻炼的一课，要求他平时住在工厂的集体宿舍，便于劳动锻炼。直到 1966 年“文革”开始，家中父母都被冲击后，他才搬回家来照顾老人。

“文革”期间由于家庭问题，吴威立也受到冲击，一直是被控制的审查对象。“文革”结束后有人想调他去机关工作，被吴波谢绝了。后来他经同事张汝谋推荐被组织调到了国家机械委员会工作。1987 年政府机构调整，组织上拟安排他到国有资产管理局工作，那时的国有资产管理局归口财政部领导，吴波知道后坚决不同意。当有关领导拟和他沟通时，他斩钉截铁地说，他的儿子不准进财政部门，谁来说也不同意。之后吴威立辗转去了新华社香港分社工作，直到退休。

吴威立回忆说，他父亲待人亲切、和善、诚恳、平等，对子女却十分严格。那年他考上清华大学，父亲很高兴。当时需要买一些上学用品，他做了个预算是 84 元，妈妈给了 100 元，爸爸说不行，硬是向他要回了 16 元。上大学一月 20 元包干，包括吃饭、穿衣、日常用品、书本文具的费用。他从来没有感到与别人有什么不同，同学和同事们也没有人感到他有什么不同。兄弟们都十分谨慎，这种谨慎来自父亲的压力，所以在各方面都很小心。

吴威立回忆说，上学时他住在学校，工作时他住在工厂，很少见到父母。节假日回来看到父亲仍在忙着工作，父亲吃饭不管好坏都是一碗，速度很快，饭后又去忙他的工作，有时在院里散散步，也是不停地思考工作中的问题。父亲平时很少和孩子交流，父亲对他的教育主要是“身教”。父亲的一言一行、所作所为，都在教育他，给他一种压力，要他朝一个方向去努力，要他一辈子按照党的原则做事、衡量自己。在工作中他是一个很普通的工作人员，为国家、为人民的事业，努力了、奋斗了。

三

财政部长的儿子在北大荒开拖拉机。

幼子吴本立长大后第一次见父亲，是他 19 岁那年。那时他在安徽宣城上中学，有一天，有人打电话找吴本立，电话里的人说，他是吴本立的家长。吴本立一时蒙了，心想，哪来的家长？半天无言以对。吴波接着说，是他北京的家长。吴本立知道北京有个爸，是财政部长，每月给他寄生活费，但从来没有见过呀，更没有听过他说话，他有点不知所措。对方告诉他，他住在宣城某家旅馆，过来见个面吧。

吴本立找到那家旅馆，这是家极其普通的旅馆，他有点不信，自己的爸是国家财政部长，怎么会住这么简朴的旅馆，莫不是有人冒充父亲吧？他到旅馆查“吴波”住的房间，而登记簿上有“吴博”，没有“吴波”这个人。他问旅馆老板，“吴博”是从哪里来的，老板告诉他，听说是从北京来的大官，公安局查外来人时，从登记簿上知道了他的名字，把他接走了。

吴本立等候了几个时辰，才见到了父亲。第一次见到父亲，他感到极其陌生，又很紧张，不知道说什么好。吴波端详他半天，摸摸他的头，拍拍他的背，亲热地问他学习生活情况。吴波看到儿子长成了大小伙子，学习也不错，很高兴。吴波在鼓励吴本立的同时，也批评了他一顿，是为他脚上穿的鞋。吴本立见父亲时穿了双白球鞋，这在当时学生中是不多见的。吴波批评儿子，穿这么贵的鞋，太浪费了。第一次见父亲，没想到就挨了父亲的批评，吴本立心里不是滋味，也让他从此知道，父亲是个对子女很严厉的人。

也许是他这双白球鞋，让吴波觉察到了儿子花钱的“大手大脚”。吴老怕吴本立花钱管不住自己，就把每月寄给儿子的20元生活费，不再寄给他本人，而是寄给老师代收，并帮助管理开支。

吴波这次是请假来宣城，探望20年未见的82岁老母亲。他不想惊动县里同志，住店便使用了化名，不料省里通知了宣城。县里找不到吴老，就用查饭店流动人口的办法找到了他。他本想陪母亲住一两天，由于惊扰了地方政府，他只在家中待了15分钟，第二天就离开了。

吴本立1958年从部队转业，自愿报名到北大荒参加建设。吴本立给父亲打电话告知了自己的选择，并说不回北京见爸妈了，直接去北大荒报到。那时全国都在反右，吴老迟疑片刻，有点不放心地对吴本立说："你去北大荒接受锻炼，我很支持，如果不是犯错误，我放心；如果去是因为犯错误，你必须回京说清楚再走！"吴本立对吴老说："我是自愿要求去北大荒的，绝不是因为犯错误，爸爸尽管放心。"吴波接着说："如果是这样，是好事，就直接去吧。但你去了就不能当逃兵……"

吴本立得到了父亲的鼓励，怀揣着对一望无际的北大荒的憧憬，连家都顾不上回，满怀喜悦地直接到北大荒去了。他同那个时代的许多青年一样，多么富有激情，是一个多么单纯的青年啊！

吴本立一头扎到了北大荒的田野里，当了拖拉机手，有种扎根一辈子的劲头。吴本立记着父亲当初叮嘱要他扎根北大荒的话，他也十分乐意做一辈子拖拉机手，在北大荒的黑土地上播种出更多的庄稼来。

吴本立早出晚归，开拖拉机开得很欢，工作干得很出色，但也不是没有受过委屈。一天，他开的拖拉机因超负荷作业，出了故障，影响了生产。队里领导不分青红皂白，开批斗会，批判他破坏生产机械。他很委屈，很郁闷，跟谁也不想说话，连续三个月没给父亲写信。

吴波长时间没收到本立的信，不放心，便向北大荒农场打电话了解情况，是不是吴本立犯错误了，三个月不给他写信。北大荒领导没听说吴本立犯错误的事，就让下面找吴本立。农场很大，找了好几天，也没有找到叫吴本立的人，更不知道谁是财政部长的儿子。后来才在基层的生产小组里，听拖拉机队长说："有个拖拉机手小吴叫吴本立的，总不会是他吧？"找到吴本立时，他正在田野里干活，满身的土。领导问他："怎么三个月不给你父亲写信？"吴本立不好说什么，只好说忙，没空写。领导当即说："放你三天假，给你家里写信！"这件事后，拖拉机队的人才知道那个平日不喊苦、不喊累，老实巴交，满身泥土的小吴，原来是财政部长的儿子，他怎么从没说过呢……

后来北大荒成立"八一农垦大学"缺老师，吴本立因为上过大学，被场里选中当了老师。几年后，他有了三个孩子。吴本立当老师相当敬业，全身心投入教学中。而孩子拖累越来越重，没人料理家务，孩子和吴本立都苦。他爱人原是农场的工人，为了不让本立因为孩子而耽误教学，便辞去工作，在家忙起了照顾孩子、丈夫生活的事。妻子辞去工作，没了收入，全家五口只能靠他55元工资生活，不够花。随着孩子用钱的地方增多，日子过得很苦。

吴本立是个对事业、对家庭爱心很重的人。北大荒环境本来就苦，生活更苦，每月55块钱难以支付家庭开支，他拿着镐头、铁锹选了块荒地，开荒去了。北大荒有的是荒地，谁有力气尽管开。他开了好几亩荒地，种上了高粱、玉米，还修了个猪圈，买了几头小猪放进去，想把猪养大了卖几个钱，改善家里经济条件。这事被农场人事科长知道了，他既同情吴本立的辛苦，又不理解作为财政部长儿子的他，落到靠种地、养猪养活自己的地步。

有一次他去北京办事，提出顺便到吴本立家看看他父母。吴本立没有多想，把家里的电话、地址给了人事科长。人事科长找到吴老，也不管吴老的官多大，对吴老劈头就说："您在财政部当部长，生活在条件优越的北京城，怎么不管你儿子的死活，他生活很困难您都不管？！"吴老被这个北大荒人直爽的质问，问得不知所措，再听他说吴本立开荒养猪的事，才知道是怎么回事。吴波对人事科长呵呵一笑，带着歉意的口气对他说："是我对本立关心不够，你指责得好，今后会多关心他的……"

人事科长前脚离开，吴波当即写信问吴本立："你的生活究竟有多困难，为什么不告诉我？你是当老师的，不专心教书，种什么地、养什么猪?!”吴本立回信说，生活虽困难，自己辛苦点可以解决。吴波又写信给本立，问他当地一个人每月生活最少需要多少钱。吴本立回信说，15元左右。吴波回信说:“你不要开荒了，地不要种了，猪也不要养了，好好专心教书，生活困难，家里来给你补助。”

那天晚上，吴波和老伴商量以后每月给吴本立寄去20元。全家的生活困难解决了，吴本立从此不再养猪，专心教书。

吴波虽然对儿子们满怀父爱，但对他们的要求严厉有加。儿子们已习以为常。因吴本立教学业绩出色，学校领导给他晋升副教授职称的名额，当然也有照顾他的因素。当时学校没有高级职称的老师很多，吴本立感到自己年轻，还是让给老教师为好。他把这个想法写信告诉父亲，吴老回信说:“拿出两三年时间，准备论文，争取做一个名副其实的副教授，靠真才实学，不靠照顾。你把这次机会让给同事，做得完全对。”

由于吴本立工作成绩突出，加上财政部长父亲的背景，学校总想找机会给他点照顾。有一次，吴本立回家兴冲冲地对吴老报告，自己将赴香港进修。吴波说:“人家为什么没让别人去，偏让你去?分明是看到你爸是财政部长，关照了你。这个关照你不能要。”吴波硬是通过农垦部领导把派吴本立去香港进修给“卡”了。吴本立虽然对父亲的做法有想法，但他感到父亲说的也有道理。

自己的前途进步应当靠自己，不应当来自父亲的影响力。他努力进取，立志做一个好老师，为北大荒培养更多人才。后来他经同事介绍调到了南京审计学院工作。吴本立在几十年的教师生涯中追求事业的高峰，被江苏省评为高教系统的模范党员。

吴本立跟吴波在一起生活的时间总共不到一年。有一件事至今让吴本立感动得落泪。他说，父亲对他，内心是很疼爱的。有一年，他从张家口回北京看爸妈，吃完饭后，大家都吃萝卜，爸爸、妈妈却给他一个国光苹果。这苹果，是给吴本立的特殊待遇，他吃着爸妈给他的苹果，喜悦的泪水直往下掉。这让吴本立在觉得父亲严厉的同时，也感受到了他心里无时不在挂念着儿子。

吴本立说，父亲晚年越发怜惜儿子们了。过去他离家回单位，父亲一般是把他送到客厅，不再远送；老年后，他每次离家回单位，父亲总是把他送到大门外……

第十四章
两套房子和遗嘱

吴老晚年分配到万寿路两个单元的住房，可以用很低的价格购买，可他却不买。吴老说："我参加革命成为一个无产者，从没有想过购置私产留给后代。"他参加革命时的这个初衷，经过了世事沧桑、风风雨雨的几十年，一丝一毫也没有改变。到了晚年，他对这个初衷的实现，越发迫切了。

他知道，自己追求做一个没有财产的人，还是有一定难度的。难度，不是来自他，也不是来自老伴，而是来自儿子们、孙子们。他有四个儿子，十多个孙子（女）。除三子吴威立在北京身边外，其他三个儿子都在外地。儿孙们对他的私产都有继承权。他没有存款，工资都用在了生活上或慷慨地接济了贫困的人，身后留下的只有两套房子。吴老决意身后把两套房子交还给国家，而他也要征求几个儿子的意见。他希望所有的儿子都赞成他的做法。大儿子去世了，他让其他三个儿子发表意见。两个儿子赞成父亲的意愿，有一个明确提出，父亲的房子属于私产，不能交公，留给外地的儿孙们回北京住。吴老坚决不同意。吴老与“有想法”的儿子耐心沟通，最后得到了他的理解，表示尊重父亲的意愿。

那怎么做到他和老伴去世后把两套房子交还给财政部呢？吴波想到了立遗嘱。2000 年，吴波病重住院，他感到自己的身体越来越差了，有点着急立遗嘱的事了。出院后的一天，吴波让三子吴威立和秘书王沈京等张罗立遗嘱的事。他开了一个家庭会议，请王沈京、梁志义作为立遗嘱见证人。吴老提出，他去世后房子交回财政部，家庭成员一致同意。他口述，让吴威立记录，留下了交房遗嘱，并把这份遗嘱送交财政部。

房子交公遗嘱（1）

我参加革命成为一个无产者，从没有想过购置私产留给后代。因此我决定不购买财政部分配给我的万寿路西街甲 11 号院 4 号楼 1101、1103 两套单元住房。在我和我的老伴邸力过世后，这两单元住房立即归还财政部。我的子女他们均已由自己所属的工作单位购得住房，不得以任何借口继续占用或承租这两单元住房，更不能以我的名义向财政部谋取任何利益。

我去世后后事从简，不发讣告、不开追悼会，不搞遗体告别，火化后骨灰就地处理不保留。

立遗嘱人：吴波

见证人：王沈京、梁志义

家属：吴本宁、裘企阳、吴威立、吴本立

2000 年 10 月 9 日

这份落地有声的遗嘱已经有两个见证人，也由儿子和儿子的代签人签名画押，按理说房子交公的事已经不会有什么问题了，吴老似乎放心了。两年多后，吴老年事已高，多病，经常住院，他对去世后房子交公的事又放心不下了，同时他感到还有一些意愿需要给财政部领导交代一下。他又写了第二份遗嘱。这份遗嘱，他直接写给了时任财政部部长的项怀诚。

房子交公遗嘱（2）

怀诚同志：

我的后事请按我的遗嘱办理，一切从简。

我在遗嘱中要求我的子女不要向财政部伸手，也请部里不要因为我再给他们任何照顾。在我老伴邸力过世后，我的住房必须立即交还财政部。财政部也不要另外给他们安排、借用或租赁财政部的其他房屋。他们有什么困难，由他们找自己所在的工作单位解决。

我指定我的三子吴威立做我的遗嘱执行人，由他负责同财政部联系。

顺致问候。

吴波（章）

2003 年 1 月 26 日

这天早上，项怀诚部长上班很早。秘书从大堆呈报件里看到了吴老的遗嘱。他连看几遍，感到遗嘱虽短，但分量很重，他被吴老一生追求无私、死后实现无产的高尚风格深深感动。他当即把吴老的遗嘱呈送给了项怀诚部长。他对项怀诚部长说："这是吴波老部长写给您的遗嘱，看了让人感动掉泪！"

项怀诚马上放下手里的文件，看起了吴老的遗嘱。项怀诚与吴老共事很长时间，是吴老的老部下，对吴老由衷地敬佩。吴老在位时，从没对组织提过任何要求，离休后也从没对组织提任何要求，他多么希望吴老给他写的这张纸的文字是要解决生活方面的问题。项怀诚每年都去看望吴老几次，他的生活太俭朴，需要改善，但他从来不同意。面对吴老的遗嘱，项怀诚部长心里一股情感直往上涌。他看了这份遗嘱许久，是感动，也是在思索……他说，吴老真是了不起啊！他在遗嘱上批写道：

请党组同志传阅并存人事司。

（2003 年）1 月 28 日

这第二份遗嘱和第一份遗嘱一样，同样在财政部党组成员中引起了赞叹。党组成员钦佩吴老的高尚品格，对吴老的意愿只好选择同意。大家明白，按照吴老的遗嘱办，就是对他的最大理解与敬重。

2005 年 2 月 20 日，吴老平静地走完了九十九年人生。2 月 25 日上午，家人在八宝山送走了吴老。随着火化炉缕缕青烟升起，这位一生经历了无数坎坷且在坎坷中执着追求高尚境界的人，永远驾鹤西去了。办完父亲丧事的吴波家人挂念着父亲的遗愿。大家都明白，要让吴老没有牵挂地安息，只有把他的遗嘱不折不扣地尽快办好。就在那个下午，吴威立趁家人比较齐，召集兄弟、侄儿，也请了吴老的秘书和身边工作人员开家庭会议，研究办好父亲遗嘱的事。经过大家商议，全体同意执行父亲的遗嘱，并对执行遗嘱中的具体事宜做了规定和要求，形成了一份《家庭会议纪要》，打印人手一份，各自照此落实。

家庭会议纪要

时间：2005年2月25日星期五

地点：万寿路西街甲11号院4号楼1101室

参加人：裘企阳　吴威立　吴本立　戚惟懿

吴卫东　吴卫军　吴　勤　吴文辉

陈纪翔（秘书）　杨雷芳

一、对父亲的缅怀

母亲突破封建束缚投身革命，历经坎坷始终不渝。解放后从事艺术教育深受学生爱戴。父亲参加革命后，坚持全心全意为人民服务的信念，表里如一、始终如一。父亲在世时留下遗嘱，坚决要求在他去世之后把住房立即交还财政部，体现了他坚定的原则性。子孙们都表态要执行他的遗嘱。

二、遗产处理

1. 住房

全体一致同意执行父亲的遗愿，把1101、1103两套住房交公。但企阳提出因他受聘于金融协会做顾问，要求继续租借1103住房。其他与会的人（并征询本宁意见）一致认为，把住房交还财政部一事应严格执行父亲的遗嘱，否则会造成恶劣的社会影响，也损害父亲的声誉。考虑企阳的困难，建议把父母仅留下的

3万元钱作为企阳临时租房的补贴，企阳应以大局为重在三个月内腾出1103单元住房，建议在2005年6月初把1101、1103两套住房一并交还财政部。

2. 现金

威立报告了父亲的存款30000元加上抚恤金合计51949元，企阳报告了母亲的存款59631元，共计111580元。

（1）给小杨3万元（杨雷芳）。

（2）威立收回1998年为装修住房垫付的4万元，均分给没有社会医疗保险的菊英、芝荣（注：李菊英是吴本宁之妻，宋芝荣是吴本立之妻）每人20000元作为医药补贴。

（3）给企阳3万元用于他迁居后租赁住房的补贴。

（4）余下1万余元用于父亲丧葬及交房时的善后费用。

2005年2月25日

吴威立在组织家庭成员研究做好执行父亲遗嘱的事中感到，执行父亲遗嘱，还需要财政部的帮助。他又给财政部时任部长助理王军写了一份《交房申请》，请父亲的秘书送到了财政部。

吴威立的交房申请

王军助理：

遵循我父亲的遗嘱，现已将万寿路西街甲11号院4号楼1101、1103两套住房清理完备交还部里。当初我曾对父亲说过买房子是国家的政策，希望他能考虑到我在外地的兄弟生活上比较困难劝他把房子买下，他没有同意。为了让他安心，经和兄弟们商量后我代他拟了遗嘱，并上报了财政部。

我父亲交房是个人的意愿，不是国家所提倡的事，因此也不要宣扬。我们兄弟都已买下了本单位分配的住房。代父亲上交这两套住房，是出于子女们对父亲的尊重，完成他的遗愿。

提个额外的要求，请房管部门收房后给我开一张收据，便于我通告外地的兄弟。

顺致问候。

吴威立

2005年5月26日

这份《交房申请》送到王军手上，王军又一次被感动。几年前，吴老写给财政部领导两份遗嘱，他都看到过，非常感动。他从吴威立写的《交房申请》的字里行间再次看到吴老的高大和他家人的高尚。王军清楚，虽然这是吴老的私产，但他和家人都以极其认真的态度坚持交公，只有按吴老遗嘱办，才是对老领导最大的尊敬。他批示道：

请金组长（中纪委驻财政部纪检组长金莲淑）、楼副部长（楼继伟）、金部长（金人庆）阅知，为尊重吴老和家属意愿，拟请服务中心照此办理。

（2005年）5月27日

被吴老和他家人感动的，不仅仅是王军，还有财政部党组其他成员。金人庆部长显然也被深深感动了。他批示道：

吴老生前的事迹，请王军同志牵头组织有关同志抓紧整理，要进行宣传。

2005年5月31日

王军接到金人庆部长的批示件，思考片刻，他感到吴老是财政部的光荣，也是财政人的骄傲，他的事迹将是照亮财政人心灵的光芒，他决意要认真抓一下宣传吴老的事。他批示道：

请张通（财政部办公厅主任）及路明（廖路明，财政部办公厅副主任）同志阅。请将已做宣传的有关资料收集整理；请同几位老同志特别是傅助理（傅芝邨，财政部原部长助理）商量一下，如何做好宣传；拟出一个下一步宣传计划，我们一起议一次。

（2005 年）5 月 31 日

财政部办公厅主任张通和副主任廖路明根据部领导批示，当即召集办公厅有关处室和《中国财经报》及《中国财政》杂志负责人，研究宣传吴波高尚情操的宣传报道计划。拿出宣传计划后，王军部长助理又与负责宣传的有关人员商议，确定了宣传方案。很快，《中国财经报》资深记者蔡劲松等采访写出了数千字的长篇通讯。报道刊登后，吴老一生追求“无产者”的崇高境界感动了许多人，引起了财政部内外巨大反响。这是财政部第一次组织宣传吴老的事迹。随之，吴老的事迹在财政部内外传开，吴老成了财政人心中的一座丰碑。

吴老走后，有人对吴威立说：“按规定老人的房子你们也可以不交，而且这个黄金地段的房价涨到了好几万一平方米，两套房要出售，至少能卖近千万。”面对这样的大利，吴威立和他的兄弟们没有动心。依照父亲的遗愿，在吴老去世三个月后，吴威立很快整理搬走了万寿路两套房的东西，把钥匙交给了财政部有关部门，实现了父亲交代的，走后房子交还国家，成为“一个无产者”的愿望。

第十五章
凡尘俗世里的“苦行僧”

生活不喜欢奢华，能简的尽量简，能省的尽量省，这是吴老的习惯。这些习惯已经不是简单的节俭，简直就是清苦，而且清苦的地步，用“苦行僧”来形容再确切不过了。他坚守清苦，他对自己苛刻，过“苦行僧”生活，与他作为中央政府财政部长，与他的工资收入，是那么不协调，也让人产生许多不解。吴老习惯过“苦行僧”生活，是从小养成的俭朴生活的缘故，还是穷怕了呢？都不是。吴波坚守清苦的后面，是那超凡脱俗的思想境界。

吴老的洗澡浴盆和洗澡水、洗菜水，是有故事的。吴老家有一个老式铁皮浴盆，四角有腿儿，盆沿很高，又旧又笨，爬上爬下很不方便。这个浴盆用了几十年，早该淘汰换上陶瓷的，但他舍不得扔。舍不得扔，不是因为铁皮浴盆好用，铁皮浴盆一点也不好用，浴盆会生锈，且洗澡水凉得快。其他用铁皮浴盆的人早换上了陶瓷浴盆，工作人员多次建议换成陶瓷的，而吴老怕花钱，也怕浪费，执意不换。这个铁皮浴盆还有一点不好——洗澡时很滑。吴老年岁大了后，工作人员怕他摔倒，劝他换个浴盆。可吴老说，这浴盆没破，好好的，扔了太浪费了。他还是不肯更换。有一次，吴老在洗澡时，腿脚不灵便，在迈过盆沿时，不慎摔了一跤。工作人员借此说起换浴盆的事，可吴老仍不答应更换，只让维修人员在浴盆前加了一层砖头，抹了些水泥，在浴盆边的墙上安了一个扶手而已。吴老到了九十多高龄，腿脚不灵活了，迈腿进浴盆越来越吃力，只好给他强行换了一个陶瓷浴盆。

吴老用水好像用油一样珍惜。他家洗完澡后的水都要留在浴盆里，用来冲厕所，洗完菜的水也不让倒掉，要用来浇花。他总说，北京缺水，要节约用水。有几次因为天气太热，他留在浴盆的洗澡水放到第二天有味了，有人把它放掉了，吴老发现后，问是谁把冲厕所的水放掉了，别人给他说明原因，他还是批评了放水的人，并嘱咐他今后不许这样做，放掉一浴盆水，多浪费啊。几次放掉水，几次都挨了批评，后来谁也不敢放掉洗澡水和洗菜水了。

吴老离休后不愿出去旅游。有时秘书劝他，天气好时，出去走走，晒晒太阳吧，有利于身体，况且别人都这么做，健身效果不错。吴老不听。他的理由有两个，说自己是个懒人，不爱动，另外不愿麻烦别人，说是给别人闹出那么大的动静，不合适。有几次，财政部的几个老部下出于关心吴老，分别给他联系了名胜山水的地方，请他避暑和过冬。吴老谢绝了。他还是那句话，他是个“懒人”，实在不爱动，谢谢大家的好意，千万不要安排了，他不去。地方的同志听说吴老要来，都很热心，让驻京办的人去家里接，可无论怎么动员，吴老就是不出去。吴老对秘书说，谁安排这样的游玩都要谢绝。出去一趟，兴师动众，前呼后拥，吃住行玩，一路打扰，耽误别人的事不说，还要花掉公家那么多钱，这种事做不得。因而从他离休到去世，他多次拒绝了各地的邀请，也拒绝了好心人的安排，哪里都没去过。

在他身边工作的小杨说，在他照顾吴老的十二年里，只见他出去过三次。一次是 1997 年春天去植物园，午饭都是自己花钱买的，不愿惊动当地政府部门；一次是参观北京大兴县西瓜节，身边工作人员动员他，等了好久他才答应去。好不容易劝他到了大兴，可吴老怎么也不愿意在当地政府部门吃饭。大兴区政府领导一定要请吴老吃饭，吴老一直推托 40 多分钟。工作人员为了说服他，就说：“吴老，您不吃饭，大家还要吃啊，是不是？”吴老同意了，可是吃完饭后，他一定要付了账才安心离开。

吴老客厅里的一对破沙发，给多少人留下了难忘的印象。财政部退休干部李慧中至今提起吴老，都忘不了他家客厅的旧沙发。1980年10月，任财政部预算司副司长的李慧中同田纪云在中央党校学习，当时田纪云是四川省财政厅长，田纪云向李慧中提出，想去看望吴老。李慧中跟吴老秘书联系取得同意后，她陪田纪云去了北京西四大酱坊胡同吴老家。他们走到会客室，也就是寝室的外屋，看到吴老穿着黑色棉坎肩、脚穿布鞋从屋里走出来，热情地同他们握手，请他们就座。她低头一看沙发，发现是一套旧沙发，紫红色棉布沙发套，已经褪色，还磨了两个大窟窿，用不同颜色的新棉布打了补丁，新旧非常显眼。

李慧中坐在沙发上感到非常难受。心想，堂堂的中央财政部长，整天工作忙忙碌碌，回到家就坐这么个破旧沙发，这个条件也太差了吧！后来她才知道，财政部总务处曾多次要给吴老换沙发，他就是不同意，说补补还可以坐嘛。这使她联想到，吴老在任时经常教育财政部干部，说国家财政困难，能不花的钱尽量不花，不能浪费国家一分钱，把钱花在刀刃上。他是身体力行啊。那是她第一次去吴老家，沙发的事让她永久难忘。

20世纪50年代，一个酷热的夏天，财政部机关还没有空调，也没有电风扇。本来上一年夏天酷暑时节，财政部总务处的同志几次劝说吴老，要给他办公室配台电风扇，他没同意。当年的天气仍很热，吴老汗流浃背地埋头办公，晚上很晚才下班。天太热了，总务处又提出给吴老配台电风扇，他仍不同意。那时按规定只能给部长配备电风扇，其他（如秘书）不能配电风扇。总务处坚持要配，他说，只有他部长热，别人就不热吗？他说什么也不要。后来总务处不听他的意见，强行给他办公室配了电风扇，吴老却自己掏钱，给秘书也买了电风扇。

吴老有几件年代久远的物件，那是衣服。一件是睡衣，穿了几十年，越洗洞越多，上面补满了补丁，就是不让换。跟他在一起二十多年的工作人员说，吴老几十年中只穿过两套中山装，一套灰色，一套浅灰色，还有一件灰色的大衣。事实上，他就这两套衣服。他老伴常劝他，该添件新衣服了。吴老说，衣服够穿了，也没有太旧，不买了。在秘书们的印象中，要让吴老添件新衣服很难，除非衣服实在无法穿了，才买新的，衣服不破，他不会添新的。

部级干部按规定是配专车的，吴波坚持不给自己配。有人认为他太“左”，了解吴老的人却不这样认为。吴老不要这样的待遇，跟“左”跟假沾不上边，他是出于节俭。他说，他几乎不参加吃请应酬，也不喜欢热闹，除了上班和正常公务活动，用车很少，配专车自己用得少，实际上别人用得多。一辆专车一年的开支是不小的数目，给公家增添了很大开支，没必要。

吴老的淡泊、朴素，是渗透在血液中的，谁也改变不了他，到什么地方也改变不了他。至今在陕西财政史料中，还在传颂吴老回延安的一段故事。那是1983年，陕西省人民政府决定拨款在米脂县修建杜斌丞纪念馆。吴波和在延安工作过的几位老同志一起，乘一辆面包车来到米脂县，出席开馆仪式。事后，吴波一行路经延安，延安宾馆给吴波和老伴准备了一个里面是寝室、外间是会客室的套间。吴波知道后对接待他们的市领导说："我离开延安快四十年了，这次回延安就是回'娘家'，我只是回来看看，没有工作任务，让我住套间，这明明把我当外人嘛。如果今天晚上把我当成客人住进套间，明天我就得离开这里，什么也看不成了。你们这样客气，把我当成客人，让我住这么好的地方，我怎么睡得着觉呢？"

一直到晚上8点多了，吴波老两口仍坐在会客室里。后来，了解吴波为人的一位同志建议说，吴波是"老延安"，回家来看看，不是外人，既然要求住一个单间，就让他住单间吧，这样他就遂了他"回家"的心愿。后来宾馆领导把原来安排的套间换成了单间，吴波和老伴才高高兴兴地住了下来。

吴老吃饭还有一个很少人有的习惯，那就是凡是掉在桌上的饭粒，都要捡起来吃掉；吃完饭，如果碗上粘着饭，他会把碗舔干净，不在碗里留下米面。他的这个习惯从年轻时养成，餐餐如此。吴老的这个习惯，秘书和家人都明白，他就是不愿浪费一粒粮食，因而他身边的人，都很注意餐桌上不浪费。厨师做菜精打细算，能吃多少饭，做多少下饭菜，绝不多做。饭菜一旦剩下，不倒掉，下顿再吃，他家绝不会轻易扔剩菜剩饭。

吴老得病后期，有时记忆不太清楚，“清规戒律”的弦却始终绷得很紧。有一次，他身边服务人员杨雷芳的爱人到医院看望吴老。吴老误以为是在外地出公差，就对小杨说：“我们在外出差是不允许带家属的。你既然带了，我也不能赶她回去。但她所有的开销，必须从我的工资里扣掉。”

吴老的“苦行僧”习惯，像细细春雨，滋润了更多人的心田。吴老虽然离休了，可是从部领导到其他干部，都受到吴老“苦行僧”操守的影响。副部长刘仲藜调任国务院副秘书长，需安排吃顿饭为他送行，国务委员兼财政部长王丙乾提议部党组每人掏20元，在部招待所食堂吃了顿简单饭菜。有些司局长常年坚持骑自行车上下班。从中央到地方很多地方新建办公楼，财政部却一直在三里河老楼里。当时国务委员兼财政部长王丙乾的办公室和会客室也就两间房，每间仅十多平方米。

第十六章 拒绝与给予是一个高度

在吴老的观念中，车是公家的，只能用在公事上，至于待遇、等级，在他这里很淡薄。

吴老当了部长，照例可配备“红旗”轿车，可是他不讲这一套，他说：“车，只要能跑就行了。为什么职务一变，待遇也一定要变呢？”吴波平时坐的车是辆机关用了很长时间的旧车，经常要修理。因为不上档次，到中南海开会，门卫常把他的车看作工作人员的车，安排别人的车进完了再让他的车进，对此司机有情绪，而吴老却不以为然。这样“看车待人”的次数多了，司机很难受，他对吴老说：“堂堂财政部长，就因为坐的车不上档次，就被安排在好车后面进门，这不公平！”吴波说：“为了排到前面进门就换豪华车呀，早进晚进不一样吗？！”司机听了吴老的话，心里还是不平衡，他便对财政部有关部门领导说了这种“看车待人”的现象，建议动员吴老还是换“红旗”轿车以符合身份。服务部门领导再次做吴老的工作，请他同意换“红旗”轿车。吴老说：“这车又不是不能坐，坐那么好的车，感觉也好不到哪里去，节省点钱吧。”从此，换车的事，再也没人敢提了。

吴老不讲究待遇，不升级坐豪华车，看上去是件简朴的事，实际上不仅是真切的朴实做人意识，是真切的平等意识，也是真切的平民意识。

吴老长期养成一个习惯，即使因公外出开会，如果路程比较近，时间宽裕他也会步行，不用车。他对家里人要求也很严，从来不让家人使用公家的车。他告诉家人，家人没有享受公车的特权。儿子不准坐公车。老伴上班很远，上下班再远再累也坐公交车。一次，吴老去延安路过西安，一个孙女在西安外语学院读书，听说爷爷奶奶到了西安，十分想念，便跑来看望他们。回去时，吴老身边的工作人员想安排车送她回学校，两位老人坚决不同意。最后，老太太陪着孙女走了好远的路，直到看着她上了公共汽车才返回。

对自己的家人这么“苛刻”，可是吴老对别人、对身边的工作人员却十分体贴周到。他在人大财经委工作期间，遇到会议开得比较长，要在会议上吃饭时，总要关照一下司机的吃饭问题。吴老不但在生活上关怀他们，对他们的思想也非常关心。平时有时间，他常和身边工作人员交流。一个曾经为吴老开车二十年的司机师傅，就是在吴老的帮助和教育下，积极靠拢党组织，成为一个党员领导干部。他还多次给负责行政后勤管理的领导说，要多帮助那些思想上要求上进的工作人员，多教育、多培养他们。

吴老的工资花得很特别。国家刚开始发行国库券时，没人买，吴老就动用自己的全部积蓄买了国库券。以后，他每月的工资都必须有一部分买国库券。有人问吴老："您的工资开支的地方很多，还要帮助有困难的人，本来就很紧张，为什么还去买国库券呢？"吴老说："国家有困难，带头买一点，也算离休了还能做贡献。"

"文革"后，中央发文规定，副部长级干部恢复每月保姆费补贴制度。文件送到吴老手里，吴老看后，没批示，先放了下来。秘书纳闷，吴老一般不压文件的，他为什么不在这份文件上签字？秘书后来才知道，他本人压根不想领这个钱。但他又犯难，自己不按规定执行，不享受这份待遇，又怕影响了其他部长领取，过了十多天才在文件上批了字，最后他还是同意领了。秘书把钱送给他时，他却吩咐把这个钱全部交党费。秘书理解吴老，也没有多说什么，把领到的保姆费如数交了党费。

1978 年春天，吴波带着税务调查组来到江苏省无锡市。乡镇企业的发展壮大，是从这里起步的。乡镇企业改变了当时中国农村一元化的经济结构，促进了农村经济向多元化多层次的方向发展。财政部门对这个新生事物采取什么样的税收政策，是吴老这次调研的重点。

阳春三月的江南，已是桃红柳绿，莺飞草长。星期天，吴老提议去太湖看看，工作组的同志们都很高兴，认为这些天来夜以继日地开座谈会、找人谈话、实地考察，实在太辛苦了，适当放松一下，缓口气，对完成调研任务，对年事已高的吴老身体健康，都是有好处的。

正要出发时，副省长、财政厅长和无锡市的书记、市长等都来了，要陪工作组同志游太湖。吴老一看这么多人陪着去，严肃地对大家说："我是第一次来无锡，所以想去太湖看看。你们是江苏人，太湖对你们来说不知去多少次了。今天是星期日，谁家没有一点大事小情，你们何必再陪我们去逛太湖呢？我的意见，今天你们一个人陪我们去，人多了我有意见，那样，是你们逼我在办公室里过这个星期天。"大家听了吴老这番话，同意了他的意见。那天，只有市长一人陪吴老和工作组的同志游览了太湖。

快到中午时，吴老提出要回招待所吃饭。市长解释说："太湖饭店已经准备好了，就在这里吃吧。"吴老说："在这里吃，就吃便餐。"走进太湖饭店，看到桌子上摆了好多菜，又犯了难，坐下吃吧影响不好；不吃吧，这么多的人到哪里去吃饭呢？大家感觉到，吴老是在心里七上八下的情绪下勉强吃完了这顿饭。当时国务院规定出差人员每天三餐付粮票1斤，款15元，饭后他让秘书给饭店付了5斤粮票和50元钱。后来吴波谈起这件事时说："我付钱的目的，就是不让饭店记我的账。"他对这种用公款招待吃喝不以为然，认为作为一个财政部门的领导干部，要自觉遵守财经纪律，他不愿意在太湖饭店的账目上留下有财政部领导在此吃喝的招待费用。

吴波在财政部任职期间，出差到江西、福建、上海，路过安徽从不下车。为什么不下车？吴波是安徽人，老家的人希望他多到家乡看看，可吴波总是去得很少，即使有到安徽出差的任务，他都让给其他的副部长，一方面是避免别人说他与安徽有什么私人关系，再就是尽量避开为家乡人办私事。有一次，他到江西、上海调研，安徽的同志不知从哪个渠道听说吴老要来南方，与他秘书联系，请吴老路过安徽，停留住一晚。吴老对秘书说，绝对不行。车过安徽一车站，停车的时候，安徽某政府部门的同志摸到了车上，要请吴波下车吃顿饭再走，吴波坚定地拒绝了。安徽的同志当时很不理解，吴老平时不回老家，路过家乡既不收送上车的水果，也不下车吃顿饭，太不近人情了。后来安徽的同志才知道，吴老不是无情，他有意回避老乡关系，刻意坚守清廉正派是他的底线，而尽量不打扰地方的同志，不闹出"动静"，也是他对俭朴生活的坚守。他对老乡的回避，对亲朋的回避，对好处的回避，使得裙带关系、地域观念等，在他身上连蛛丝马迹都找不到。

1980 年 4 月，吴波刚从财政部长位上退下来，组织安排他去安徽黄山疗养院疗养一段时间，夫人同行。安徽省委老干部办公室得知吴老回老家的消息，立即做接待准备工作。吴老是安徽泾县人，青年时期在宣城读书，后从事革命工作，离开安徽已四五十年，从未回来过，安徽政府部门想好好安排一下吴老的此行，让吴老夫妇吃、住、行、玩舒适开心。

吴老夫妇抵达合肥后，只有秘书一人陪同，吴老不让安排豪华饭店，只好安排下榻到了普通宾馆。次日，安排吴老夫妇参观游览合肥的包公祠、逍遥津公园等名胜古迹后，晚上由分管老干部工作的省委书记严佑民代表省委请吴老夫妇吃晚饭。严书记知道吴波是个生活一贯俭朴的人，安排宴请的菜肴都是安徽特色菜，比较可口而简单。可第二天，吴老的秘书找到财政厅办公室副主任裴玉川，交了 20 元钱，说是昨晚的晚餐钱。裴主任向领导请示："吴老执意要交饭钱，这事怎么办好？"裴主任的领导说："绝不能收，要向吴老解释，这顿饭不是财政厅请的，是严书记代表张劲夫第一书记和省委请的。"裴主任向吴老说明情况后，吴老仍坚持要他把钱收下，上交省里。无奈，裴主任只好收下，把 20 元餐费上交财务。

接待人员随即安排吴老上黄山事宜。吴老提出要求，一不准财政厅派人陪同，二不准派小汽车，要买长途汽车票或坐火车再换汽车走。这两条，弄得接待人员很为难。接待人员着急了，不遵照吴老的意见不好，照办了又太不近人情，安全也没有保障，出了事怎么交代？搞接待的领导出面几次劝说，吴老总算答应省财政厅派一部面包车去黄山，但吴老又交代，厅长、处长不许陪同。没办法，他们只好安排预算处一名同志假装去徽州地区财政局出差，随车前往。这样，前往黄山疗养院才算成行。

从合肥到黄山的路上，吴波同司机闲聊。他问司机："现在的汽油多少钱一升，合肥到黄山多少公里路？"司机告诉了他价格和公里数。司机和随从秘书胡华庭以为吴老是随便问问，没想到到黄山后，吴老向胡华庭交代："我算了一下，从合肥到黄山，油费消耗得一百元钱，你从我工资中拿出一百元做油费交给安徽省有关同志，办不好这件事，你就别回北京！"胡秘书将吴老夫妇安顿后，回京途经合肥时，遵照吴老交代把一百元油费交给了省办公厅。省办公厅的同志做不了主，请示领导怎么办，办公厅领导只好交代下面："不收吴老会不高兴，那就收下吧。"回到北京的胡秘书没有及时告诉吴老交费的事，而吴老却记着此事。他让人给胡秘书带了条子，问胡秘书汽车费交了没有。胡秘书立即向他汇报，告诉他已交了。

吴老在黄山疗养院期间，叮嘱有关人员，不许省财政厅和地区财政局派人看望。黄山管理局局长给他送了一篮水果，被他谢绝。因吴老回京不再从合肥走，张劲夫从北京开会回合肥后，去黄山休息，顺便探望吴老。张劲夫私人掏钱请吴老夫妇吃了一顿晚餐。住了一个月左右，吴老夫妇结束疗养，要先到芜湖再到宣城故乡看一下。黄山管理局局长要派车送吴老到芜湖，吴老不同意，他提出坐长途汽车去，接待的同志只好让他乘长途汽车去芜湖。到芜湖，吴老又提出不准安排高级宾馆，只好安排他住在芜湖普通宾馆。从芜湖到吴老老家宣城还有很长一段路，需要坐车。吴老提出，不准芜湖市委派车送他去宣城，乘火车去。市委只好安排吴老夫妇坐火车。到了吴老老家宣城，吴老又提出要求，不准安排高档饭店，只住一般旅馆；不准层层人员陪同，更不要领导陪同，只有一名工作人员陪同就行。芜湖和宣城的领导只好遵照吴老的意见办事，接待简单，吃饭简单，住也简朴。吴老的简单、简朴，让地方的同志虽然不适应，一时难以接受，但感到接待吴老省心、省力，也让人温馨和感动。

张劲夫在同别人谈到这件事时，感慨地说："我们的干部都能像吴老这样公私分明，何愁党风不正，何愁执政能力不强！"

吴老自己省吃俭用，从不浪费一分钱，但只要知道哪里有需要资助的事情，就叫秘书去汇款。其实，吴老并不富裕。有一次吴老在书店看到了一部二十四史，很想买下来，但当时家里的钱不够，他自嘲地说真是一文钱难倒了英雄汉。后来过了好长时间，才把钱攒够买了回来。后来，吴老把看完的二十四史捐到了延安图书馆。吴老攒钱买书，他却替同院的司机老蔡家交了几十年的水电房费。

吴老舍不得给自己花钱，也从不占公家一分钱便宜。吴老晚年耳朵不好，他儿子从外地退休回来后，给吴老花1万多块钱配了一副助听器。秘书知道后要求拿到部里申请报销，吴老和儿子都坚决不让。吴老平时很少批评人，但因为一个筛子问题批评了李克柱。李克柱是中华人民共和国成立初期财政部办公厅工作人员。吴老住的是平房，有一个取暖锅炉。一天，吴老见到没有烧尽的煤渣，便叫人买个筛子，以便将筛下的煤渣再次利用。李克柱没有去买，而从部机关拿来个筛子。吴老知道后把李克柱批评了一顿："我还买不起个筛子？不要占公家便宜！"

在物资短缺时期，部里行政司为了给各司局搞点福利，经常分些比市场便宜的物品。每逢秘书给吴老送物品的时候，吴老就问："这东西是哪儿来的？为什么这么便宜？"于是坚决按市场价格交钱。秘书收到多交的钱，又无处去交，很是为难。机关的同志知道吴老拒绝"福利"这样的东西，但难免有地方的领导给国家机关提供点紧俏和便宜物品，每当给吴老分配福利，有关人员很为难，给秘书做通工作，瞒着吴老，把东西送到他家，而家人却要问个究竟，不清楚的东西就不收。有时找个理由送到了吴老家，吴老看到后，总要问个明白，秘书如实告诉，吴老就按市场价让秘书把钱付了。每次送给吴老的福利，都要付钱，行政司知道吴老反对搞此类特殊的福利，也渐渐减少了给干部搞福利的次数。而那个时期，其他单位都给机关干部搞福利，有的还很频繁。财政部不给机关干部搞福利，大家会有意见，行政司很为难。有一年过春节前，一些物品供应紧张，市场上很难买到，其他单位都给大家搞了福利，财政部行政司就办了一批福利，机关每人一份。秘书悄悄地把物品送到吴老家，还是被吴老发现了。他问秘书："物品是哪里来的？"秘书说："每人一份年货，是福利。"吴老照例让秘书按市场价算了账，从他的工资中拿出这份"福利"钱，让交给行政司。这个钱，行政司没法入账，只好又叫吴老的秘书想办法。吴老的秘书很为难，就把这个钱给了给吴老做饭的鞠奶奶，让她买菜用，并告诉鞠奶奶，千万不要告诉吴老。后来，秘书每当听说机关发福利，都很头痛，总是躲着不去领。

作为中央财政部长的吴波，没有出过国。他不是没有出国的机会，机会很多，却让给了别人。1980年组织曾安排他去美国访问，那时出一次国是很难得的事，时逢他准备辞去财政部长职务，他说自己不工作了，还是让要接任财政部长的王丙乾去吧！

虽然众人一再劝说，他还是把发给他的服装费退了，没有去。后来他在全国人大财经委员会工作期间，又有一次人大组团出国考察，名单里有他。吴老对有关人员说，自己年龄大了，耳朵听力不好，眼患白内障，出去也听不到看不到什么，就让别人去吧。在他看来，自己年龄大，把机会让给别人，是实实在在的想法，而更主要的是，出国费用太高，国家不富裕，他舍不得花这笔钱，以至他一辈子都没有出过国。

吴老躲着“一窝蜂”出国等“凑热闹”的事情，是舍不得花公家的钱，而实际上他自己也在收敛享受的事情，不喝酒，不抽烟，躲避所有的折腾钱和折腾别人的享乐，日常除了工作还是工作。而吴老不是没有嗜好，他的嗜好也很高雅，那就是国粹京剧。他平时喜欢听，也喜欢唱，还登台表演过几次呢。吴老说，对京剧的爱好使他受益大了，不仅能修身养性，还让人心胸坦荡。吴老从喜爱的京剧里悟到了许多人生的道理。

吴老自己生活非常俭朴，却经常给有困难的老战士、贫困人捐款，也多次给希望工程捐款。20 世纪 50 年代初，吴波的老伴不在北京，每月发工资，吴老就请秘书帮他管钱。他的几任秘书都有一份记录他要接济的困难同志和亲朋的名单，秘书按吴老寄钱的名单地址逐个把钱寄出去。吴老的秘书曾和他住在一个院子里。秘书的房租水电费都是吴老从他的工资中支付。

直到他离休后，家乡的人有困难，只要给吴老写信，他就会从自己的工资中拿出一部分寄出去。几十年来，吴老多次给别人捐钱。他不愿给孩子们留下什么遗产。有一次，吴老让秘书给一个有困难的老战士寄钱，寄的数额不小，占了他一个月工资的一半。秘书寄完钱，同吴老闲聊，聊到了存款的事上。秘书问吴老：“别人都给孩子们存钱，您总要给孩子们存点钱啊，将来他们有困难，也好宽松一点。”吴老说，他在延安时就确立了一生不留财产的愿望，不给孩子们留存款，不留遗产，这个不会变；孩子们有他们的能力和生活，他们靠劳动能养活自己。

吴老有个司机家在农村，困难时期他回了老家。有一天，他到财政部来找吴老。吴老当即接见，在他的办公室里待了一个小时。那人走后，吴老拿了个条子叮嘱秘书，给他寄去100元钱。他来北京是由于生活困难，请求帮助。后来听说，那位司机的老婆得知100元钱是丈夫向吴部长要的，她责怪丈夫，说他脸皮比城墙厚，怎想出来伸手向吴部长要钱！丈夫说，走投无路了才伸手。向谁要会给你？思来想去，只有吴部长会给。他拿着吴老寄给他的100元钱泪流满面，他不知道怎么感激吴老才好。他用这钱应了急，给孩子看好了病。事后他说，吴老寄给他的钱救了他孩子的命，是真正的救命钱。

吴老接济、帮助有困难的人，自己却过得很节俭。20世纪

50 年代有一年过春节，秘书送回家的工资就只剩下了 6 元钱。吴老的工资到哪里去了？帮助了有困难的人。他的工资常常绝大部分帮了别人，他自己的生活过得往往很紧张，水果基本吃不上，穿戴更不讲究了。

吴老平日着装朴素，不讲究穿戴，从部长办公室走出来，谁也看不出他是官。在家，他在别人的眼里，就是个平常老人。在北京西四住平房的时候，需要一位烧锅炉的师傅，房管处在河北请了一位姓宋的老同志来工作。吴老对他也很好。他在吴老家工作了三年多，后来他老家有事就走了。有一次老宋来北京办事顺便来看望吴老，吴老很高兴，中午留下老宋在家里吃饭。老宋先是不肯，后经吴老热情挽留，还是留下来了。吃饭的时候吴老让老宋坐到自己旁边。当时老宋不敢坐，吴老说：“没关系，坐吧！我们都是平等的。”老宋说，太让他感动了，真没想到他一个农村来城里打工的老头，部长也不嫌弃他不干净，让他在家里吃饭，还让他坐在身边。这件事对吴老来说是很平常的小事，可感动了老宋一辈子。

吴老眼里总有别人。有位财税部门的领导回忆吴波时深情地说，1949 年，首届全国税务会议上他与吴波最初相识，吴老时任财政部党组副书记、办公厅主任，而他虽然已是吉林税务局的副局长，却只有 28 岁。当年会议结束后，组织与会人员观看京剧演出，他有幸与吴老同桌听戏，吴老竟然把他这个年轻的税务局副局长当作小孩一样看待，不停地把桌上的零食递过来给他吃。吴老如此平易近人，让他备受感动。这个细节，让他感到吴老是个心肠极热、时时刻刻心中有别人的人。还有一次，吴老生病入院，他去看望吴老，虽然吴老因病不怎么说话，看见他却一脸的喜悦，跟他聊工作、聊生活，让他感到吴老是长辈，又是好朋友。

对于曾经一起共事过的工作伙伴，吴老也印象深刻。一位曾经与吴老有工作交往的原广东省税务局长时隔多年来到北京，得知吴老生病住院后一定要前去看望。她当时还有些犹豫，觉得吴老可能会认不出她了。可是让她意外的是，当这位局长来到病房门口，吴老远远地就看见了她，还叫出了这位局长的全名……这让她感到同事在吴老心里分量重、情谊深。

吴老的家里摆设极其简单，没有什么特别的家具，甚至家里连台照相机也拿不出来。有一次，有人前去家中看望吴老，想与吴波老两口合影，吴老欣然答应。可是，谁能想到领导的家中居然没有照相机，他们不得不返回，拿上相机，吴老也并没有因为觉得麻烦而拒绝他们，最终留下了一张难得的合影。

吴老从不愿麻烦别人，就连理发也是如此。年岁大了，他也要上单位理发室来理发。秘书要让理发师来家里，可吴老不答应。他说理发师不是为他一人服务的，是为大家服务的。大家也拿他没办法。后来有一次，他来财政部理发，几个部领导知道后，专门停下会议来看望他。吴老觉得耽误了他们的工作，这才在秘书的“鼓动”下，同意让人来家里给他理发。

1986年，吴波八十大寿。当时国务委员兼财政部长王丙乾怀着对吴老的敬仰与热爱，想给吴老祝寿，让他高兴高兴。他建议由他和几位副部长每人拿几十元，凑份子给吴老过生日、祝寿。王丙乾亲自和吴老商量，吴老却坚决不同意，他说：“这样吧，再过十年等到90岁时再说吧！”吴老这个主意一拿定，谁说都不行。到生日那一天，他怕大家还是要给他祝寿，早早就让老蔡开车到西郊去了，在公园里躲了大半天。

吴老不让老部下、老朋友给他祝寿，不是不欢迎他们来家做客，他实在是不愿意让大家破费钱财、浪费时间，更主要的是他不喜欢形成请客、祝寿这样一种风气。他早已树立做无产者的观念，在他看来，生活过得清清淡淡，同事来往朴素简单，才是“真”，这些热闹和礼节都是多余的。

吴老离休后，财政部领导很关心吴老的生活，经常去看他，问他需要什么，或者提出给他改善生活条件的建议，他每次都拒绝了。王丙乾逢年过节去看望吴老，吴老总是那么和蔼，拉着他的手说：“人老了，什么事也不干，光吃不做，还给你们添麻烦。”那时他耳朵开始有点背，心静如水，只在家里看书读报，很少出门。王丙乾知道，他是不愿意麻烦人。

他那“人老了，什么事也不干，光吃不做，还给你们添麻烦”的话，吴老不仅对财政部领导说，还经常对秘书说。了解吴老的秘书知道，这不是吴老的客气话，而是表达他满足和感恩情怀的话。吴老是位知足也富有感恩心的人。

第十七章
财政部长拒礼是习惯

接触过吴波的人，没人不知道吴波和他的家人都是不收礼的，且不收礼是他的“铁规矩”，谁也不得破。到吴波办公室谈事的、拜访的人，无论是朋友还是生人，见他都是两手空空，没有提礼品的人，连乡下的土特产也不例外，这是吴波长期以来“铁规矩”形成的习惯。他的十几任秘书没见过谁给吴波送什么礼品，他家的工作人员也没见过谁往吴波家里送礼品，更没见过吴波从外面提过什么礼品回家。只要是送到吴波家的东西，那一定是机关干部人人享有的微薄福利，他也是自己掏过腰包的。在别人看来，礼品，好像跟吴波压根无缘。吴波是以周总理为榜样，他常说，做领导工作己不正何以正人！他是把不收礼品作为一个原则问题来看待的。

这是吴波走向一个彻底“无产者”的坚定操守，他实现这个操守，离不开一个人的遵守与坚持；吴波的事业中，也离不开这个人对他的支持和帮助。她陪伴他度过了延安艰苦与火热的年代，她陪他从延安来到了北京，她陪他度过了为共和国建功立业的数十年岁月，她陪他走过了晚年的金色时光。这个人就是文艺界老干部邸力。

邸力生于1914年，内蒙古阿拉善左旗人。她曾是大家闺秀，接受进步思想，摈弃地主家庭桎梏和封建买卖婚姻的枷锁，于1932年在北平参加“反帝大同盟剧联”，投入浩浩荡荡的革命洪流中，并加入了中国共产党。

在白色恐怖中，她在北平地下党领导下搞学运工作，在天津、上海等地为党组织做交通员，后与丈夫到共产党地下机关工作。1934年年底，因机关被叛徒告密破坏，她与丈夫双双被捕入狱。邸力出狱后，参加了上海救亡演剧一队北上，1938年4月到延安鲁艺戏剧系，随后到晋察冀剧社、华北联大文工团等处工作。

吴波那时是单身汉，邸力在丈夫去世后也是单身，他们经过一段时间相处，组成了新的家庭。吴波和邸力约定，要勤奋工作，把自己的一切交给党，交给中华民族解放事业。在延安的战斗岁月里，吴波做财政经济工作，邸力做战地文艺工作。两个人偶尔相见，都是互相鼓励。

邸力活跃在晋察冀根据地的舞台上。她参加新秧歌与革命戏剧的演出活动，在歌剧《白毛女》的首演中成功饰演了善良纯朴的王大婶，随后又参加了《周子山》《粮食》等剧的演出。

吴波也出色地工作着。他们终于迎来了新中国的解放。进了北京，吴波被安排到财政部，邸力被安排在北京电影制片厂。

除了家人，吴波给秘书也做了严格规定，无论什么人、什么情况下，无论什么礼品，是送到单位的还是送到家里的，一律不得收受。吴波身边工作人员明白，他的要求不是说说而已，那是谁也不许违犯的铁的纪律。

这条铁的纪律自从吴波在延安时就有了，在财政部时期更是成了他和家人不可突破的底线。时间一长，基层的、部委的，无人不知道吴部长的“规矩”，因而无论是找他谈工作还是办事，都不敢带着礼品来。他时时要求秘书和司机等身边工作人员严格遵守拒礼规矩，并要求他们做送礼人的“挡箭牌”。他自己不收礼，也绝不让家人和工作人员收，渐渐地就没人给吴波送礼了。吴波先后用过十一位秘书、近十位司机等工作人员，没有一人打破这个铁的纪律。

日常最让来人难办的事，是吴波在单位不收礼品，而提到吴家什么东西，出门还得从吴家提回去。不管是什么理由，也不管是谁，什么礼品都送不进吴波的家门。吴家对送礼一律不收。因为吴老和老伴认为，不收礼是常理，也是自然习惯。

有一次，地方一位新上任的财政厅长到财政部汇报工作，给吴波捎了几箱苹果。这位厅长听说过吴波拒礼，但他压根也想不到连土特产品也拒收。苹果拉到了财政部门口，秘书坚决不收，他感到很没“面子”。他同吴波谈完工作后，用有点央求的口气请吴老发话，让秘书把几箱苹果收下。吴老说：“你们提出省里几个项目经费的困难，有理有据，一定解决；但我有谁也不能破的规矩——苹果一箱也不能收。”厅长几乎发急地对吴波说：“苹果已经拉到部门口，况且是几千里地运来的，您总不能让我再运回去吧？！”吴老说：“对不起啊，不收礼的规矩破不得呀。”这位厅长没办法，只好让工作人员把送不进财政部的苹果送给了在京退休的老红军。从这以后，这位厅长凡来拜访吴老，再也不带东西了。

吴波下基层，吃住行一律从简，不要多余的人陪，不住豪华间，不吃高级宴席，不坐高级专车，与大家同坐面包车。时间一长，地方和基层同志都按他的要求安排，该简朴的一切简朴。可有一件事，地方和基层的同志一直有点犯难：临走给部长一行带点啥礼品好呢？而吴老向秘书有明确交代，不准收地方和基层同志送的任何礼品，土特产也不行！这样，每到一地，他的秘书都要给各级领导提出这样的要求。而中国是个人情社会，地方和基层的同志哪听得进去，感到吴老和财政部的同志好不容易来一趟，给他们带点地方的土特产不算过分。于是，许多次回京上车前，地方的同志执意要给他和工作人员带上礼品，吴老当即拦下，常常让地方的同志下不了台。有许多次，地方的同志趁他和秘书不注意，给他带上了礼品或土特产，他知道后只好把礼品或土特产收下，同秘书的礼品一道，按价格让秘书把钱转交给地方的同志。

财政系统和熟悉吴波的人很早就知道吴老拒礼，不管是值钱还是不值钱的东西，他一律不收。许多人感到，空着手进部长办公室说得过去，而空着手去部长家不近人情。于是，有些人虽然不提贵重礼品，心想提点土特产总不会让提回去吧？在吴老家，无论提什么来大都是怎么提进家的，出门时再怎么提走。有时实在拒不掉的，也不是什么值钱的水果，一定让客人再提走有点不近人情，吴老和邸力就按市场价格付了钱才收下。不管吴老在不在家，上门的礼，邸力什么也不收。有一次，有位吴老的老部下的子女提着贵重水果来看吴老，他们知道吴老从来不收礼品，就想法儿打听到吴老夫妇不在家的时候到吴老家，把水果放在家里就要走。吴老家做饭的大妈死活让他们把礼品带走，他们怎么也不拿。大妈拗不过他们，只好问了他们的姓名，暂时把礼品收下了。吴老夫妇回来，听说了此事，也问清楚了送礼品的是谁，便让秘书把礼品给老部下的子女还了回去。像这样不收礼、退礼的事情多了，上门的人知道提礼品是自找麻烦，再来吴老家谁也不敢提东西了。

吴波不接受豪华宴请，不光是出差到地方，就是在北京，他也一律拒绝。地方领导到北京办事，总希望请吴老吃顿饭。吴老一般安排在办公室谈事，到吃饭的时间留他们吃机关食堂的饭。地方的同志实在要请，又推托不掉，他若要参加，必定不让上海参、鲍鱼、鱼翅、龙虾等高档菜，更不喝高档酒，还要嘱咐一番："简单点，千万别浪费啊！"有时，他参加宴请时虽然提出了要求，但请客的领导还是上了高档菜肴，不好让人家在饭桌上下不了台，他就不吃，但让秘书从自己工资里把自己那份菜钱付了。这样时间一长，机关和地方的同志都对吴老的"清规戒律"不敢马虎，请吴老吃饭必定是简简单单的。简单吃饭，虽然请客的人和陪客的人不习惯，甚至还吃不好，可吴老却很高兴。当部长，理应有部长的小灶待遇，而吴老却自带碗筷同机关同志一起排队，在机关食堂打饭吃。有一次，财政部总务处的同志问吴老："您年龄大了，食堂的饭菜有时做得粗糙，也不合胃口，给您单独做点吧？"吴老说："跟大家一样吃吧，跟大家一起吃饭还能经常见面，也能说说话，这样亲切。"

吴老拒绝宴请、礼品，也影响着老伴。邸力也坚守清廉与朴素、平静，从而也使她内心更高贵，也使她的艺术修养步入了新的辉煌和高度。从 20 世纪 50 年代初期调到北影，邸力参加了影片《吕梁英雄传》《新儿女英雄传》《结婚》《女儿亲事》《祝福》等大量影片的拍摄，又先后在影片《林家铺子》《少年彭德怀》《老乡》《人鬼情》中担任角色，她以丰富的生活底蕴和精湛的表演技巧，为观众留下了难忘的银幕形象。她先后获得过全国“三八红旗手”、电影表演创作奖、电影教育“金烛奖”等荣誉。

1955 年她被调到北京电影学院表演系任教，她不以部长夫人自居，也不以延安走出的老革命自居，不为官欲、物欲、钱欲动心，以朴素、平静的心，潜心教学，为国家培养了一批又一批演艺人才。

“文革”十年，她因被江青点了名，划入了“文艺黑线”，成为“专政”对象，被专案审查，身心受到严重摧残。而她坚强地挺着，打倒“四人帮”后，仍从事艺术事业。

无数次重大的政治坎坷与生活磨难，没有使她失去对信仰的追求，她努力为国家做事，也坚持做一个好党员。从 20 世纪 50 年代始，直到退休，她长期从自己工资中拿出一部分钱援助系里生活困难的教师。1984 年离休后，她又把自己长期积存的仅有的一万元存款捐赠表演系建立“电影表演教育奖励基金”，并把几百册业务书赠送系资料室供教学使用。

吴波在外面拒收礼品，邸力在家也拒收礼品，这样，吴老家就没有任何礼品进门了。对此，身边人员难免有微词。吴波说：“别人怎么做，我们管不了，我们还是管好自己，管好自己家人吧。”邸力理解、尊重吴波的坚守，她也不被社会的“人情风”“送礼风”“送礼不怪风”影响，同吴波一样，拒绝收礼。

谈到邸力妈妈，吴威立说，在家庭拒收礼上，邸力妈妈替爸爸守住了“后院”。没有邸力妈妈清廉、坚守，爸爸要做到拒礼是很难的。

吴威立对邸力妈妈的评价是赞美。事实确是如此，没有邸力的拒礼，就不可能有吴波的彻底清廉。而要做到拒收礼品，是要有坚强意志的，尤其是拒收稀有珍贵的礼品，是很难的。吴老身边的秘书和工作人员感受最深，有些客人送来市场上少见的水果，很新鲜，有钱也买不到，谁看到不想吃？如果收下了，全家人有口福，连秘书和工作人员也沾光，能吃上新鲜东西，可吴老和邸力面对什么样的好东西都拒之门外，毫不可惜，也毫不留情面。

第十八章
一生都做普通人

一

就像巍峨的高楼大厦是用一粒粒沙石凝聚起来的，人一生的高大也是用一行一言筑成的。所以，高大、高贵、高尚，来自渺小的普通，高大、高尚，离不开普通。而偶尔做高尚的人容易，偶尔做一次普通人可以，要做永远高尚的人，一生做普通人，就很难。吴波高尚情怀的形成，来自他一生都做普通人的人生信念。

吴波一直把自己看作普通人，即使当了共和国财政部长，仍常做普通人的琐碎事情。那些琐碎小事，看上去很小，但又不容易做好，吴老却做得格外仔细而不厌烦，让人肃然起敬，还让人回味无穷。

抗日战争时期，吴波任晋察冀边区财政部长兼边区司令部供需部长，掌管军政财务重权，他应该享有一定待遇，可他压根也没把它当回事。一天，他外出开会回来晚了，食堂管理员给他煮了一碗挂面。他问管理员："今天大家吃的什么饭？"管理员告诉他："小米饭。"吴波说："既然大家吃小米饭，我也吃小米饭。请你把这碗挂面送给病号吃吧！"他到厨房用开水泡了一碗小米饭，有滋有味地吃了起来。还有一次，吴波因长期加班劳累，有些消瘦，食堂管理员给他单独加了盘菜，烧了个鸡蛋汤，端到了他房间里。吴波问食堂管理员是怎么回事，食堂管理员说是怕他累坏了身体，给他加的汤和菜。吴波不高兴地说："辛苦的人不光是我一个，你都给他们加菜了吗？还是把这菜和汤送给病号吃吧。"食堂管理员只好把菜和汤送给了病号。从这两次以后，食堂管理员再也不敢给吴波做特殊饭菜了。

吴波任晋察冀边区财政部长兼边区司令部供需部长，以当时的行政职务，出行可以有坐骑，边区政府给他配备了一匹马和一名马夫。可是他很少用，却让最需要的人使用。他在行军中从来不骑马，都是和战士一起甩开双脚走路。配给他的那匹马，不是让行动困难的病号骑，就是驮战士的行李。由于经常不用，马对他很生疏。每当他有急事骑马时，马总给他尥蹶子，有几次把他从马上甩了下来，要不是马夫牵得紧，那会摔得不轻。马夫对吴波说：“马要常骑，它才对人亲近，看来你得多骑它才好。”但吴波还是把马送给急需的人用，在他看来，官兵之间的区别，只有承担责任的轻重不同，在生活上首长和战士都应当是平等的。

吴波没有讲究待遇、官级的习惯，这种习惯从延安带到了北京。1949 年，吴波从华北人民政府财政部副部长，调任中央政府财政部，此后先后任办公厅主任、副部长、常务副部长和部长。部里按规定给他配备了专车，车库就在住宅外院，司机也住在车库旁边，随叫随到，用车十分方便。但吴波私事绝对不用公车。星期天偶尔到医院看病人，或去老同事家串门，只要是与公务无关的事情，就挤公共汽车。

三年严重困难时期，粮食紧缺，物资匮乏，全国出现饥荒。国家照顾高级领导干部，给他们发了供应卡，凭供应卡可以买一点紧缺食品等。但吴老不要特殊照顾，把发给他的供应卡锁在柜子里，偶尔用一次，也是因为来了重要客人，他自己很少用。物资供应短缺，他要家人同城市普通人一样排队买菜买粮。随着供应越来越紧张，他吃得越来越差，有时排队也买不上肉，接连好些日子都吃素。做饭的大妈怕这样下去吴老身体缺营养，就朝吴老要供应卡，去买点特供的东西。吴老说：“老百姓都买不上肉，都在饿肚子，我们能吃上饭就很好了。”无论别人怎么要，他一次也没有拿出供应卡去买特供食品。

1960年，人民银行出了人民币被骗等几件大事，亟须加强银行领导班子。周恩来总理要吴波去银行主持工作。吴波对银行工作不熟悉，问题又庞杂，昼夜加班工作，他来时又没有从财政部带人，生活上无人照管，天天吃饭又晚，冷菜冷饭和饥饿引起了浮肿。秘书发现后，对吴老说："您夜以继日地工作，年纪又大，应该加强些营养，否则您身体会垮的。"自己身上浮肿，吴老心里很清楚，他却说："现在国家有困难，大家都有困难，作为领导干部，只有同大家同甘共苦，才能不脱离群众。"

不了解吴老的人，以为吴老忍饥挨饿是跟自己过不去，是太左。而了解吴波的人知道，吴波省吃俭用，不搞特殊，是看到老百姓都在挨饿，吃苦要与大家一起吃，自己不能搞特殊。这是一种寻常人不可理解也不可能做到的自觉。国家困难，百姓吃得很差，他也吃得很差；百姓挨饿，他也同样挨饿；百姓浮肿，他自然也会浮肿。人们看着因严重饥饿与缺营养而浮肿的吴老，怕他哪天顶不住倒下。有人心疼地怪怨吴老："您是堂堂的中央政府财政部长，您都饿成了浮肿，这不是给我们国家丢脸面吗？"吴老说："大家都在挨饿，我怎么好意思比别人多吃一口呢！"

不管在多么艰苦的环境下，吴老都真正把自己当作普通人。1959年夏天，吴老到北京郊区卢沟桥公社参加劳动一个月，劳动很苦，生活条件也差，他不告诉别人自己的身份，生活上也不提任何要求，和社员过着完全一样的生活。社员们知道他是干部，但不知道他是多大的官，只是看他每天同社员干一样的活，吃一样的饭，社员们都亲切地叫他“吴老头儿”。这吴老头儿吃着粗饭，干着重活，却同大家一起干得乐呵呵的，到了劳动结束，谁也不知道他是干什么的。过后，大家才知道他是财政部长。有人说，感到一股暖烘烘的东西蹿上了心头。老百姓心头暖烘烘的东西，是崇敬，是爱戴。

1965 年 2 月，在河北抚宁“四清”结束后，吴波带队转到昌黎县十里铺大队参加“四清”。这里土地贫瘠缺水，主产白薯和葡萄。工作队住在农民家里，一天三顿白薯吃得个个胃酸，白天劳动，晚上开会，很是辛苦。一些住户把白薯磨成粉加工成食品，也解决不了每顿以白薯为粮的问题。负责伙食的同志知道后，按规定标准供应粗细粮，让工作队单独开伙。伙房设在生产队的一间小屋里，只能容纳炊事员工作，连一张吃饭的桌子也放不下。当时已是盛夏，大家在屋外排队，从窗口打饭，在院里吃。吴波年龄最大，每次打饭都从队尾排起，大家习以为常。有时太阳毒，大家让他先打饭，他仍坚持排队，说：“不用，一会儿就到了。”

那时，吴波住在农民家里，他成了农民的朋友。他抽空干些轻活，经常到群众家里去，不论是大队或生产队的干部还是一般农民，都愿意跟他聊。有些农民看吴老实在，说话跟他掏心窝子，就连小孩也能跟他说上话，吴老从而掌握了村里不少真实情况。在“清经济”“清政治”运动的过程中，他对犯错误的干部有了正确的认识，定性实事求是、处理得当。这样实打实的做法，使他不仅在由中央机关和地、县干部组成的工作组中享有很高威望，而且深得当地民心。工作组撤走时，不少农民到村外送行。十里铺大队的村民钦佩吴老平民般的亲近和正派、正直的作风，想表达他们感谢的心意，想不出有什么好送的，葡萄刚成熟，就给吴老摘来几筐葡萄。吴老执意不收，送还老百姓，又被送了回来，几经辗转退不掉，他便付款买下。正值中秋节临近，他把葡萄分发给每个司局一点，当作给大家的犒劳品了。

1976年，离开财政部长岗位十年的吴波恢复了工作。当时，全国财政收入情况极为困难，连正常开支也难以为继。吴波想尽快知道地方财政的状况，决意做次调查研究。调研的第一站是山东省。山东省财政厅的一些处长听说过吴波部长的事迹，感到和吴老一起下乡工作是个难得的学习机会，请求同部长一道调研。第二天早饭后，吴波走出财政厅大门，发现五部小轿车一字排在那里，几位处长也排队在车旁等候。吴波一看这个情况二话没说，转身回到了财政厅办公室，严肃地对财政厅领导说：“你们派这么多人下去，厅里的工作还做不做？因为我十来年不工作了，这次出来带了各司局的八个同志，已经够多的了，你们再下去这么多人，会影响厅里的日常工作。我的意见，厅里只去一个人就可以了，去辆面包车就行了，小车一辆也不要去。”财政厅领导反复向吴老解释，提出大家随同他调研学习的渴望要求，吴老还是不同意。快到 10 点了，工作组还没有出发，一直坐在办公室里。后来财政厅领导商议说：“吴部长一向对自己要求严格，他说怎么办就怎么办吧，不然他是不会下去的。”最后吴波和厅长同乘一辆面包车出发，开始了对山东省地方财政情况的调研工作。

一星期后，吴波一行乘火车到泰安。晚上 8 点，交际处派三辆汽车到火车站去迎接，接待人员让吴波乘坐红旗牌轿车，吴波婉言谢绝。他硬是和大家一起挤在一辆吉普车里，而象征职务等级的红旗牌轿车放空驶回交际处。事后有人问吴老：“让红旗车放空跑个来回不是浪费吗？”吴老解释说：“如果我坐了红旗车，我在泰安调研几天，红旗车就会跟我几天。那样，其他的客人谁也坐不成，红旗车成了我的专车，就会造成更大更多的浪费。”

吴老没有等级观念，在部机关里也同样。吴老当部领导那些年，每天中午在财政部食堂吃饭时，都可以看到吴老与大家一道排队买饭。按说，部长、司机、病号、机要员、值班人员和有急事外出的人，都可以让厨师直接打饭，不必排队，而吴老却坚持与大家一起排队，从不享受特殊待遇。吴老中午吃饭时，经常去找相关人员谈话，与他们坐在一张饭桌上吃饭，边吃饭边了解工作情况。当时无论是司局长、处长还是一般干部，只要遇上问题，大家都会利用吃饭时间跟吴老聊上几句。他连吃饭的时间都利用起来，深入群众、调查研究了。

吴波随身带一个铁壳的眼镜盒，表面的绒布已经破损，边边角角都可以看到黑黝黝的铁皮。这个眼镜盒给人们留下了深刻的印象。财政部的老同志都知道吴老生活非常俭朴，常年穿一套灰色的中山装，经常穿布鞋。后来，人们从他秘书姚文刚写的文章中才知道吴老的工资经常用来资助他身边的工作人员，包括司机、保姆等，对自己则要求特别严格。

1964 年“四清”运动前，抽调去搞“四清”的干部在财政部办集训班，财政部原部长项怀诚被编在与吴波同一组。一天，吴波穿一件灰卡其布的中山装，和大家一样坐在木椅上看文件，他戴一副有玳瑁花纹的角质近视眼镜，那时他已近 60 岁，记笔记时要把眼镜的一端推到额头上，或者把眼镜的一条腿放在脸颊上。项怀诚觉得很新奇。三十多年以后，项怀诚看文件时往往也把眼镜推到额头上，或把眼镜腿放在脸颊上。这可能是个下意识的动作，项怀诚说这是从吴波同志那儿学来的。项怀诚学吴老戴眼镜的动作，看上去是学着好玩，实际上反映了他内心深处对吴波的崇敬和热爱。

二

与吴老相处的人都说，吴老很普通，普通得使人看不出来他是部长。这个“看不出”，究竟是吴老普通得不像大领导，还是他有意做出来的？都不是。吴老的平民意识、朴素意识、善良的意识是反映在每句话、每个表情、每个笑容、每件事情中的。这种自然的朴素的流露，是用多么高超的“本事”也粉饰不出来的。

在吴老身边工作十多年的杨雷芳时常会想一个问题：吴老是财政部长，怎么就没有财政部长的一点官气呢，倒像个平常老头？也许吴老普通得太极致了，小杨说，吴老的普通是想象不出来的。小杨是 1993 年到吴老家的，起初是家里的老阿姨要回家过年，没人做饭，因他在部队学过做饭，就把他借调到家里帮帮忙。本来没打算让他长期在吴老家工作，后来因工作需要才留下的。当初他得到通知要去吴老家的时候，心里很高兴也很紧张，长这么大还没见过这么大的官。他的战友们说：“财政部长家吃得一定会很高级，你赶快练习一下拿手的高级菜，别到时候高档菜你不会做。”他当时也是这样想的，看菜谱、练刀工，练习好几天，尽管学会了烹调的十八般武艺，还是感觉自己厨技学得不够，生怕做不出吴部长想吃的菜来。他惴惴不安地来财政部报到。

王秘书带他走进吴老家时，他非常紧张，但当他真正见到部长的时候，紧张情绪很快就消失了。坐在他面前的是一位和蔼可亲的老者，很平易近人。吴老问小杨是什么地方的人，他回答是山西平顺县的。吴老革命战争年代到过平顺县，和他聊起家乡的事，一下把他的紧张情绪消除了。

王秘书让老阿姨把他带到厨房熟悉一下情况。他走进厨房，一下子就惊呆了。没想到财政部长家的厨房是如此简陋，平房的墙壁上有缝，还掉着灰土。厨房里没有大鱼大肉等山珍海味，都是些青菜萝卜等家常菜。给吴老家做第一顿饭，他问老阿姨做些什么菜，老阿姨说了几个菜，都是素菜。小杨问："鱼虾在什么地方，怎么不做鱼呢？"老阿姨说：不烧鱼，不炖鸡，不炒山珍，饭和菜都是简单的，肉末炒雪里蕻、青菜炒熏干、炒油菜，一小锅清水煮豆腐汤就行了。这就是财政部长餐桌上的菜啊，小杨虽纳闷，也只好做这样简单的菜。几天下来，吴老家餐桌上的菜基本如此。小杨心里想，这部长家吃的饭菜少肉少鱼，远没有他们部队吃得好，自己练的做高级大菜的刀功看来在部长家是用不上了。确实如此，小杨除了做简单的家常便饭，他学的做大菜的手艺在吴老家十多年没怎么用上。

给吴老家做饭，都做简单的家常便饭，小杨感到没有使出"本事"来，却得到了吴老的不少关心和厚爱。自打小杨来到家里后，吴老让他有空就多学习，嘱咐他："你不可能一辈子待在这里，你要好好学习，以后才能真正走向社会。”小杨就抽空学了个文秘函授。吴老一看见小杨学习就特别高兴，夸奖小杨：“学习好，学习好。”吴老虽然自己穿得很破旧，但是在小杨来了不到一个月，就让老伴去西单商场给小杨买了件新衣服。

吴老退下来后常对身边的秘书说：“不要老待在我这儿，你们的工作主要在单位的案头，不要把精力放在我这儿。”秘书说：“我们的工作是国家安排的，是在‘吴办’嘛。”吴老也开玩笑说：“‘吴办’、‘吴办’，我这儿是无事可办嘛。你们要多学习，把更多的精力用到学习上，不要用到我这儿。”后来，组织上安排吴老第八任秘书王沈京到另一个岗位工作。临别那天，他向吴老道别，吴老亲自送他到大门口，还让夫人邸老送他到胡同口。这一送，让王秘书对吴老质朴的情怀刻骨铭心。吴老身边的工作人员走了一拨又一拨，无论是秘书还是司机，谈起吴老，无不肃然起敬，吴老那种普通人的情怀是最让他们感动的。

吴老的左邻右舍都知道，财政部长吴波的院子里住着两家人。在吴老家前院，长期住着为吴老开车的司机老蔡师傅。蔡师傅的爱人没工作，好几个孩子，家庭生活困难，吴老就把他家的人当自己家人一样对待，一直给钱救济他。他对蔡师傅的孩子像对待自己孙子一般亲热，给学费，送学习用具。过年时，吴老总是让他的夫人邸力给工作人员的孩子们买衣服，给“压岁钱”。

一个财政部长和一个普通的工人，两个家庭就这样长期生活在一起，融洽、自然，如同一家人。胡同的邻居和来过吴老家的人很纳闷，司机一家怎么和财政部长住到了一起？他跟吴部长既不是老乡，也不是亲戚。给吴部长开车前，部长不认识他；他原来租房和借房住，吴部长就让他搬过来一起住。起初吴部长说让他搬过来一起住，他以为是部长同情自己困难，客气一下而已。没想到吴部长又一次郑重地对他说："你的困难大，把家搬过来吧，跟我们住一起也方便。"吴老说得认真，他却紧张了，他对吴老说："我一个司机，怎么能住在您部长家的院子里呢？不中！"吴老说："你没房子住，老婆孩子受罪，这院里又能挤出来一两间，搬过来住吧！"吴老一次又一次地劝他，他只好搬了过来，住到了前院。就这样，他和吴老门挨门住了好多年，也成了吴老家的人。

老蔡一家跟吴老家处成了亲人。"文革"时期，一些红卫兵到吴老家里来造反。蔡师傅的孩子们拿着铁锹站在门口，不让人进门。他们厉声对红卫兵喊："你们别想进来，谁伤害吴爷爷，我们就跟你们拼命！"他们挡在门口，好几次把要冲进门的人堵在了门外。

在老蔡的内心深处，对吴老有太多的感激。老蔡感慨地说："吴老虽然是个大官，但平常对人总是很和气。我家人口多，生活有困难，吴老一家给我们的帮助很多。从1964年到现在，我们一家六口人的水电费，月月都是吴老替我交的。‘文化大革命’期间，吴老不坐车。那时，我上下班都是走着到机关，想买辆自行车，经济上有困难。吴老知道后，主动给我钱，我才买了一辆自行车。”

吴老不仅是对蔡师傅好，给他开过车的几个司机，还有身边的工作人员，谁有困难，他都帮助。20世纪60年代初给吴老开过车的老李，年纪大、行动不便，老伴又有病。吴老夫妇和儿子有时去探望并送钱给他。吴老家的保姆，全家都称呼她孙奶奶。有时，孙奶奶的亲戚来看望她，吴老总是留他们一起吃饭。孙奶奶住的房子西晒，每到夏天，孙奶奶的屋子要比其他房子热，尤其到了酷暑时节，更是热得像蒸笼。那时没有电风扇，更没有空调，为让孙奶奶的屋子凉快一些，吴老和夫人邸力给她买来苇帘挂在窗上。苇帘轻而厚，遮阳，拦住了阳光，屋子里的热稍缓解了一些，但屋子还很热，时常热得孙奶奶晚上睡不好觉。于是，吴老和夫人又想了个办法，找来种子，在孙奶奶屋前开了片地，种上了扁豆和牵牛花。扁豆和牵牛花枝繁叶茂，孙奶奶的屋前有了阴凉。从此孙奶奶的屋里没有往年夏天那么酷热，晚上她也能睡着觉了。更让孙奶奶感激的是，吴老和夫人从没把她当外人，每当她生病都给她送药送开水，遇到发烧病重，给她联系去医院，又给她看病的钱。

三

吴波在家乡的旧居是座清代古宅，位于安徽省宣城茂林集镇西南“五十里”屋后，现在保存完好，有庭院和七间老屋，坐北朝南。屋前有道照壁墙，八字形的院门向东，花砖门墙，青石门坊。院内有门厅，右边连着三间边屋，当中庭院用鹅卵石铺地，右边砌一道腰墙，墙壁上开双层梅花形漏窗。腰墙与院墙之间有座小花园，尚存水池和花墩。正屋向南，一字形前墙，花砖门墙，白石门坊，下段墙面上两边砌青石墙。大门内有前厅和四水到堂天井。前厅两边砌隔墙，墙上开边门通两厢。堂厅内五列圆木柱，下为方形青石柱础。左右各有三间正房，上有阁楼，房门和窗扇上装方形小木格。正房前有廊檐和天井，前厢是厨房。

和叔父分家后，吴波家住此屋西头的三间，土改时曾将一间正房分到他的名下。此屋东边有处名为“西仁里”的古宅，其中曾设私塾，吴波少年时在私塾中读过书。

1981 年 6 月，吴波回家乡，家乡人以为他当了国家财政部长，这次衣锦还乡，会是前呼后拥、车辆盈门的。哪知吴老坐长途汽车不出声响地回来，也不惊动地方政府，住宿、吃饭、坐车都是自己掏钱。乡亲们看当了大官的吴波还是百姓的样子，纳闷地说：“吴波当官不像官，怎么没有一点大干部架子呢？”

吴老不让政府的人张罗，在一位宗亲的陪同下到茂林各处走走。走到了老茶馆杨柳春门前，老店已经面目全非，但是他记得从前店里的生意十分兴隆，还说杨柳春的九角糕柔软爽口，很有名气。他一路上走街串巷，回忆当年的旧事，不禁感慨万千。当他看到一处古宅墙上有“西仁里”三个大字，高兴地说，这个大门里就是他当年读书的地方！走进屋里找到他读书的位置，说他还当过级长呢，教书的是位叫陶庵先生的塾师。他记得有位同学叫吴本秋，正好吴本秋老人走过来，两位少年同窗紧紧握手，相对无言，因为要说的话太多了。当他看到对面围墙上“五十里”三个字，激动地说：“我小时候住的地方就在隔壁！”于是加快脚步走进旧居，认出他住过的房间，连声说：“就在这里！”进房坐下，他笑着对老伴说：“在这里我住了好多年啦！”时光流逝，岁月无情，但是他心里永远装着对家乡的深情厚意。出了旧居，满目田野风光，他驻足不前，是在寻觅畈田里的一座小屋，那屋里从前住着他的奶娘。在那小屋前，他深情思念喂养过他的奶娘。

吴波回到老家，感慨不已，他说起小时候喜欢兔子。有一次，母亲带他到一个亲戚家串门，坐着轿子去的。亲戚家养了一窝兔子，刚生了几只小兔子。吴波很是喜欢，非要带走一只，母亲当着亲戚的面不好说什么，就答应走的时候带走一只。临走时，他问兔子带了吗，母亲说在后面的轿子里。他信以为真，到家就去后面的轿子里找，一看没有，当时就哭了，说母亲骗了他。吴波说按当时的经济条件，买一只兔子也是大事。跟在吴老身边的杨雷芳听后心里很难受，为安慰吴老，他在北京吴老的家里养了好多兔子让吴老看。虽然这些兔子并非当年的兔子，吴老看到它们也非常高兴。

吴老那次回乡之后写了两首诗。其一是："去时乌头归白头，白头喜见少年游。村郭依稀今又是，物换星移六十秋。"他儿子吴威立看到后，步原韵和了一首："不向故国夸紫骝，一生谨慎唯运筹。桑梓一支夕阳曲，清风盈袖月满楼。"阔别六十年的故乡，物是人非，茂林发生了许多重大变化。其中最大的历史事件，是发生在茂林地区的"皖南事变"。当年数千革命先烈抛头颅洒热血，才使家乡得以旧貌换新颜。抚今追昔，他心潮起伏，又写下一首缅怀革命先烈的诗："义师受阻万山群，争说江南新四军。今日神州齐奋起，愿将四化慰忠魂。"

吴波对家乡充满了深厚的感情。

吴老简朴回乡，费用全自己掏腰包，让家乡老百姓经常念叨，由此也更加敬仰他。家乡人把他当作骄傲，泾县筹建财会学会时，全县财会人员出于对吴波的敬仰和爱戴，想聘请他担任名誉主席，给吴老写了请求信。吴老在回信中却谦虚地写道："你们成立财会学会，要我担任名誉主席，我不敢当。我虽做财政工作多年，却不是一个有真才实学的人……”来信都是用旧信封翻过来重复使用的，也没用公家的信笺。从这些小事中，家乡人看出吴波处处严于律己，且十分注意节约，更加感觉到他的不同寻常。

尾声
灵魂无尘

吴波以99岁高龄谢世。他自幼体弱，是一个夜啼郎，20岁时人家说他活不过40岁。有一次陈云同志和他开玩笑又不无关心地说："吴波你怎么总是面黄肌瘦，像个大烟鬼一样？"但他90岁时，体检指标都很好，秘书王沈京特意向部党组报告，对待吴老要做长期打算。医院大夫对吴威立说，吴老的肾脏比很多年轻人都好，吴威立甚感不解，大夫说吴老年轻时没有大吃大喝地糟蹋过自己。

作为高级领导干部，吴老有很多的坚守：

在北京几乎不参加宴请，从不进歌厅等热闹地方，喜欢在家吃粗茶淡饭，一日三餐好坏都一样，吃得津津有味。他活了99岁，牙齿完好，一颗也没有坏过。他离休时月收入 2000 多元，2005 年过世时涨到 4000 多元。当他知道物价上涨时，就对家人说，如生活费不够，伙食标准还可以降低一些。

总是严于律己宽以待人，谈及往事总是肯定别人检讨自己。杨雷芳照顾他十多年从没有见吴老对外人发过脾气。2004 年在医院，护工不小心把他磕了一下，嘴肿了，医院领导和护工都很紧张，他淡淡地说是自己不小心，不怪别人。

从不抱怨，从不议论工作中的是是非非，偶尔涉及往事，他从不责怪别人，只讲自己的不足和失误。但对是非极有原则，那就是党的原则，人民的利益在他心中高于一切。离休后的吴波依旧坚持自己的理念，安安静静地生活，心如止水。

他坚守淡泊。按惯例财政部部领导离休都保留一间办公室，而他推掉了为他保留的办公室，也从不干扰后任的工作；给他配了专车，他退掉，且从不提出外出旅游、疗养。

…………

享受了近百年人生美好岁月的吴波，他的长寿不是上苍的赐福，也不是用钱能买来的，他的善良、宽厚、简朴、淡泊、真诚等，应当是他享受长寿人生的“营养素”。

高寿者未必都尊贵，而高寿者大都有高贵的品质。吴波留给人们的点点滴滴故事，折射出一个人的高贵灵魂。吴波精神的高贵，使得他的灵魂，达到了无尘的境地。

2011 年 11 月初稿

2013 年 5 月完稿

2017 年 9 月修订

宁新路

北京阳光花园

附录

一位财政部长的两份遗嘱

一个人离世已越来越久了，人们却仍在怀念他，这是因为这个人的灵魂，照亮了人们的内心。“铁打的营盘流水的兵”，北京三里河财政部那灰色的楼房依然如故，几十年里走了来了几十茬人，可从没停止过传颂一个人——财政部原部长吴波。

今年是吴波去世十周年，财政部从部长到普通员工，提起吴波，总有一种浓浓的敬爱之情涌上心头。

十年前的 2 月 25 日上午，北京八宝山革命公墓第一告别室，在简单的仪式后，送走了一位新中国部长——财政部原部长吴波。吴波生前立下遗嘱，去世后不发讣告，丧事从简。财政部尊重老人遗愿，没发通知，可自发送行的人排成长河。走完 99 年人生历程的吴波，静卧在鲜花、翠柏丛中，面容依然如生前那般淡然、和蔼、平静。他那慈祥的无苦无悲的容颜，让人感到他没有离去，只是沉沉地睡着了。

“晚春蚕老丝难尽，孺子牛亡汗未消。”悼词说，吴波为中华民族的解放事业，为社会主义革命和建设事业，为新中国的财政工作贡献了他的一生，实现了他的夙愿。这个评价，是一字千金和名副其实的定论。

1983 年，吴波离休之后重返延安，对自己参加革命后的生涯做了一个概括：“面完达摩十年壁，换得金刚百炼身。今日灵山问证果，此生犹愧净无尘。”他把自己的一切献给了人民，他忠实地完成了自己的夙愿。他以真诚的坚守走完了一生。

一

那年春节临近，我作为工作人员随同时任财政部部长项怀诚去北京万寿路看望吴波老部长。吴老说，你们那么忙，打个电话问候一下就很好了，何必跑一趟；离休了，成了吃闲饭的人，不能给你们添麻烦啊。此时的吴老九十多岁了，虽躺在床上吸着氧气，说话吃力，但见到老部下却一脸爽朗。他住的这房子，听说早已为它立下遗嘱，在他去世后交公。我当时很难理解，因为他的儿孙大多在外地，有的要在北京读书和工作，非常需要这套房子。但吴老坚决不改变他的想法。据说这是他年轻时确立的“不置私产”信念，谁也无法使他改变。很多人为此说他是不讲亲情、不合时宜的“怪人”。我真想听听他为何有这么固执的想法，但一直没机会，况且他也不让人写他。我们问候之后，他就劝项怀诚和其他同行者“快去忙工作吧”，生怕耽误大家更多时间。他是个怕麻烦别人的人，也是时时想着别人的人。他离休后的几任秘书除了公事外，在他家私事上几乎无事可干。吴老无论在职或退休，对人都很亲和。他挤出房子来让没房住的司机全家与他住同院，下乡结交的农民朋友来家就留下吃饭，还常给困难无助的老乡钱物。大家都喜欢与他来往聊天。想与他多聊会儿的项怀诚，知道吴老不喜欢这种形式，只好起身告辞。

就在吴老去世前，项怀诚收到了吴老在病重期间给财政部党组写的又一份《房屋交公遗嘱》，这让他和财政部其他领导非常感动。一年多后，吴老离世，他那两套住房便由儿子交给了国家。这是吴老给自己一生画的最后的句号。这“句号”画得很圆满，它激起了人们心中一股波浪。

吴波是新中国第五任财政部长，他一生追求做普通人。在晋察冀边区当“官”时，他就不吃小灶，与大家排队同吃一锅饭，并把分配给他的坐骑送给伤员和最需要的人。到当财政部领导时，他仍然不吃小灶，与大家排队同吃一锅饭，并在高温季节一再拒绝为他的办公室配电风扇等特殊待遇，和大家同熬酷暑。因他没有官架子，大家很少叫他部长，而称他“吴老”。他喜欢别人称他“吴老”。

吴老从新中国成立初期进北京当财政部副部长，直到离休，一直住在分给他的北京市西城区大酱坊胡同几间年久失修的旧平房里。他住在拥挤的平民区，胡同开不进车，墙上裂着口子，夏天没有空调，洗澡用铁皮简易浴缸，生活条件简陋。几次分新房，尤其是他当财政部部长后，组织上给他安排了部长待遇的房子，可他都让出去了，他说住平房习惯了，也舍不得离开这里的街坊邻居。

吴老晚年分配到北京市海淀区万寿路两个单元的住房。当时财政部楼房不够分，吴老坚持要把分给他的房子让给别人，可组织和家人考虑到平房条件太差，他年事已高，住楼房对他方便一些，就没有听他的。他在再三推不掉的情况下，只好住进这处楼房。后来实行房改，可用较低价格购买，他却不买。他说："我参加革命成为一个无产者，从没有想过购置私产留给后代。"

这个愿望，是他年轻时投奔延安革命队伍时确立的。他在延安被错误关押审查近三年之久，身心受到极大折磨，他不仅没有丧失共产主义信仰，却更加坚定了他放弃自我、一生做无产者的决心。"文革"时期，他被打倒并下放改造，也没有放弃跟随共产党的决心。他参加革命时的这个初衷，虽经过了几十年的世事沧桑、风风雨雨，却一丝一毫也没有改变。到了晚年，他对"一生无产"这个初衷的实现，心情越发迫切了。

那年，年高的吴波病重住院，他感到自己的身体越来越差，有点着急立遗嘱了。出院后的一天，吴波让三子吴威立和秘书王沈京等人张罗立遗嘱的事。他开了一个家庭会议，请几位秘书作为立遗嘱见证人。吴老提出，他去世后房子交回财政部，家庭成员一致同意。他口述，让吴威立记录，留下了交房遗嘱，并把这份遗嘱送交给了财政部。

遗　嘱

我参加革命成为一个无产者，从没有想过购置私产留给后代。因此我决定不购买财政部分配给我的万寿路西街甲 11 号院 4 号楼 1101、1103 两单元住房。在我和我的老伴邸力过世后，这两单元住房立即归还财政部。我的子女他们均已由自己所属的工作单位购得住房，不得以任何借口继续占用或承租这两单元住房，更不能以我的名义向财政部谋取任何利益。

我去世后后事从简，不发讣告、不开追悼会，不搞遗体告别，火化后骨灰就地处理不予保留。

立遗嘱人：吴波

见证人：王沈京、梁志义

家属：吴本宁、裘企阳、吴威立、吴本立

2000 年 10 月 9 日

这份掷地有声的遗嘱，已经有两个见证人，也由儿子、儿子的代签人签名，按理说房子交公的事已经不会有什么问题了，吴老似乎放心了。两年多后，吴老年事已高，多病，也经常住院，他对去世后房子交公的事又放心不下了，同时他感到还有一些意愿，需要给财政部领导交代一下。他又写了第二份遗嘱。这份遗嘱，他直接写给了时任财政部部长的项怀诚。

怀诚同志：

我的后事请按我的遗嘱办理，一切从简。

我在遗嘱中要求我的子女不要向财政部伸手，也请部里不要因为我再给他们任何照顾。在我老伴邸力过世后，我的住房必须立即交还财政部。财政部也不要另外给他们安排、借用或租赁财政部的其他房屋。他们有什么困难，由他们找自己所在的工作单位解决。

我指定我的三子吴威立做我的遗嘱执行人，由他负责和财政部联系。

顺致问候

吴波

2003 年 1 月 26 日

面对吴老的遗嘱，项怀诚部长心里一股热流往上直涌，他瞅了许久这份遗嘱，感动着，思索着……

这第二份遗嘱和第一份遗嘱一样，在财政部党组成员中引起了赞叹。党组成员钦佩吴老的高尚品格，对吴老的意愿只好选择同意。大家明白，按照吴老的遗嘱办，就是对他的最大理解与敬重。

2005 年 2 月 20 日，吴老平静地走完了 99 年人生。2 月 25 日上午，家人在八宝山送走了吴老。办完父亲丧事的吴威立挂念着父亲的遗愿，就在那个下午，趁家人比较齐，召集兄弟、侄儿，也请了父亲的秘书和身边工作人员开家庭会议，研究办好父亲遗嘱的事，形成了一份详尽的《家庭会议纪要》，将遗嘱中的安排逐条逐人地落实。吴威立又写了一份《交房申请》，请父亲的秘书送到了财政部，表示“我父亲交房是个人的意愿，不是国家所提倡的事，因此也不要宣扬。我们兄弟都已买下了本单位分配的住房。代父亲上交这两套住房，是出于子女们对父亲的尊重，完成他的遗愿”。

这份《交房申请》送到部长助理王军手上，王军又一次被感动。几年前，吴老写给财政部领导的两份遗嘱就让他非常感动。他从吴威立写的《交房申请》的字里行间再次感觉到吴老的高大和他家人的高尚。王军清楚，虽然这是吴老的私产，但他和家人都以极其认真的态度坚持交公，他只有按吴老遗嘱办，才是对老领导最大的尊敬。他马上批示了相关部门照此办理。

吴老走后，有人对吴威立说，按规定老人的房子你们也可以不交，而且这个黄金地段的房价涨到了好几万一平方米，两套房要出售，至少能卖近千万。面对这样的大利，吴威立和他的兄弟们没有动心。依照父亲的遗愿，在吴老去世三个月后，吴威立很快整理搬走了万寿路两套房的东西，把钥匙交给了财政部有关部门，并让出具了收条，实现了父亲交代的，走后房子交还国家，“我是一个无产者”的愿望。

吴波没有大额存款，因为他把大部分收入都用来帮助了别人，留给后人的仅有 3 万元的积蓄。这笔钱除了付丧葬费和儿子搬出公房等费用外，几乎没有什么剩余。

不沾一尘地来，不沾一尘地去，他要让自己的灵魂不沾尘灰，这是吴波追求的人生境界。吴波实现了他的人生夙愿。

二

一个人的精神高度，就是一座高山，那是由无数沙石凝聚而成的，而每粒沙都有它的故事。吴老以一生追求无产，给自己人生画上圆满的句号，不是一时的冲动，而是他精神高山的自然形成。他的精神高山，是由日积月累的水晶、珍珠和金子组成的。

吴老年轻时代追求真理执着而不舍，遇到坎坷从不回头。在旧军阀部队里，几次宁可丢掉饭碗，也不以邪恶为友，不以人民为敌；主持湖南赈灾，在随时会丧命的危险里，与贪官污吏智斗，使赈灾粮款免遭贪污，拯救了数万灾民；端着国民党政府陕西公路局长的饭碗，却为延安和共产党做事，营救了大批红军西路军。后来，他干脆放弃官禄，投奔延安加入了革命队伍。

吴老几次被错误关押审查和批斗，蒙受巨大委屈，却不埋怨组织和他人，恢复财政部长职务后，从没报复曾陷害他、打击过他的人。

“文革”造反派批斗吴老，逼他交代老领导的“罪行”，面对揪斗、抄家、大字报攻击等严酷折磨，他仍然敢讲真话。他说：“财政部的错，具体事都是我办的，是我吴波的错！”不管造反派如何打压，他都不把责任推向上级，也不把责任推向下级，不隐瞒过错或把过错推给别人。

他被树立为新中国“模范部长”，虽有升迁的机会，但他在中央提倡干部年轻化时，把财政部长职位主动让给年轻有为的副部长王丙乾，为老干部主动让贤立了标杆。

吴老从财政部长位置上退下来后，又有了很多闪耀光芒的故事。

他常年住在裂缝掉灰的平房，在大家看来与财政部长身份不相配，有关部门多次要为他维修，还派来工程队，运来砖头水泥，“逼”他同意维修，但他怕花费国家的钱而一次又一次拒绝了。他不仅住着破旧的房子，还坐着打补丁的破旧沙发，自己舍不得花钱买新的，更不让公家给换新的；他吃着平民的饭菜，过着朴素的日子，不要国家给的特供待遇。他一生喜欢过同老百姓一样的简朴生活。

他鼓励四个儿子不在优越的京城工作生活而到艰苦地方安家落户，三个儿子都安家落户在了外地，且不准儿孙利用自己的权力和影响谋好处，也不准儿孙利用他的朋友、熟人关系为自己办事情。吴老的老战友要把他在条件艰苦的甘南工作的大儿子吴本宁调到兰州市，被吴老知道后拦住了，他说绝不能用自己的影响为儿子谋好处。曾在北大荒开拖拉机，后来自己考上教师的儿子吴本立，被领导关照去香港进修，吴老听到后给北大荒领导打电话取消了他的进修资格，把进修名额给了其他教师。因为吴老了解到这是有领导对他儿子给了“特殊关照”。清华大学毕业的三子吴威立靠自己本事就业并成为干部，在单位变革寻找新去处时，财政部成立国资局，有好心人想把他调进来，也给吴老拦住了。他不但把儿子拦住了，还交代所有儿孙，在他在职、退休和去世后，不准到财政部办私事。他的儿孙从他当部长到退休、去世至今，没有人进过财政部的门，更没有找财政部的人办过任何事情。吴老当财政部长一场，他的儿孙都是一般干部和工人农民，没有一个在求职、上学、升职等事沾上他这个“大官”的光。

他的部长用车，从不让妻子和儿孙使用，即使老伴生病上医院或落户西北甘南与北大荒的儿子远道来北京看他，不管小车司机如何求情也不让车接送，由他们自己来回打车。他当财政部长期间，多次坐车路过老家安徽也从不停留，他生怕亲情、友情与他财政部长职务沾上关系。安排他去黄山疗养，安徽省政府派小车接送他，他让秘书从他工资中支付了全程汽油费。下基层调研，他不要多余的陪同，也不坐专车，与大家坐大巴去，拒绝超标准接待，吃饭付餐费。有的地方接待时执意上了鲍鱼海参等高档菜，他就按时价付钱，在北京时也同样。他的工资让秘书管着，付餐费等开支，随离随付，从不耽误。付餐费，是他当财政部长时的习惯，哪次也没马虎过。吴老带财政部司长和秘书去上海等地出差，他嫌套间太贵，退了套间和秘书住单间，其他人也是两人住一间。出差不住套房住标准间，从他当部长直到离休没变过。哪怕是带老伴到阔别几十年的延安，也退了套间住标间。即使带着老伴回老家，他也不因此破例。那年已是七十多岁的吴老，唯一一次带年迈的老伴回安徽宣城老家探亲，他不要专车，不打扰地方同志，自己买车票坐长途客车回家，回到老家自己掏钱住旅馆。

他不愿享受特殊补助，他把“文革”后给他的平反补助费和后来部长正常待遇的保姆补助费全部交了党费，且常年拿出自己工资接济有困难的人，每月一半工资帮助了有困难的人。

他不收礼品，也定下家规要求家人不得在任何情况下收受任何礼品，他和家人对送上门的礼品一概拒收并客气地退还，退不了的食品就按价折合退钱，哪怕一箱水果也不行。拒礼这一习惯，吴老坚守了一生。

三

吴波以99岁高龄谢世，享受了人生的高寿。可他自幼体弱，是一个夜啼郎，20岁时人家说他活不过40岁。新中国成立后有一次陈云同志和他开玩笑并关心地说，吴波你怎么总是面黄肌瘦，像个“大烟鬼”一样。但他90岁时，体检指标都很好，秘书王沈京特意向部党组报告，对吴老要做长期打算。医院大夫对吴威立说，吴老的肾脏比很多年轻人都好，吴威立甚感不解，大夫说吴老年轻时没有大吃大喝地“糟蹋”过自己。

作为高级领导干部，吴老有很多的坚守：

在北京几乎不参加宴请，从不进歌厅等热闹地方，喜欢在家吃粗茶淡饭，一日三餐好坏都一样吃得津津有味。他活了99岁，牙齿完好，一颗也没有坏过。他离休时月收入2000多元，2005年过世时涨到4000多元。当他知道物价上涨时，就对家人说，如生活费不够，伙食标准还可以降低一些。

他总是严于律己，宽以待人，杨雷芳照顾他十多年从没有见吴老对外人发过脾气。2004年在医院，护工不小心把他磕了一下，嘴肿了，医院领导和护工都很紧张，他淡淡地说是自己不小心，不怪别人。

他从不抱怨，从不议论工作上的是是非非，偶尔涉及往事，他从不责怪别人，只讲自己的不足和失误。但对是非极有原则，那就是党的原则，人民的利益在他心中高于一切。离休后的吴波依旧坚持自己的理念，安安静静地生活，心如止水。

他安于淡泊，按惯例财政部部领导退休都保留一间办公室，而他退掉了为他保留的办公室，也从不干扰后任的工作；给他配了专车，他也退掉，且从不提出外出旅游、疗养。

……

享受了近百年人生美好岁月的吴波，他的长寿不是上苍的赐福，也不是用钱能买来的，他的善良、宽厚、俭朴、淡泊、真诚等，应当是他享受长寿人生的“营养素”。

四

不给儿孙留一分钱，不给儿孙留一间房，在很多人看来，吴老对儿孙实在不通情理，难以理解。没有走近吴老，总认为他“古怪”，不合时宜。了解了吴老的内心，了解了他的风范，就觉得他不但不怪，还是一个超凡脱俗的人，思想情操高尚得让人仰望的人。他是老一辈革命家的缩影。

吴老已去世十年了，他的两份遗嘱，还有他一生都做无产者、普通人的志愿，就像是耀眼的灯盏，照亮了一代又一代财政人的心田。财政部的人因有吴老这样的部长而自豪，财政人在传颂他，在怀念和追随他。

每当路过万寿路，我总会注目吴老住过的那栋楼。这情不自禁的回头和张望，是因为吴老高洁的精神，定格在了遗嘱和交公的那两套房子上。

宁新路

（宁新路，散文家，《财政文学》主编）

（原载《光明日报》2015年2月6日文荟副刊）

后记一

原来可以活得如此淡然

我被英雄感动过，感动得热泪盈眶；被杰出人物感动过，感动得心潮澎湃；被高尚的人感动过，感动得感慨不已……他不是英雄，他不是杰出人物，他却感动得我热泪盈眶。吴波——一代财政部部长，一个具有高尚精神境界的人，一个散发着精神光芒的人。谁看到他的光芒，谁就会被他的光芒紧紧吸引；谁走近他的光芒，谁就会被他的光芒穿透内心；谁仰望他的光芒，谁就会被他的光芒牢牢牵引。

在深深的感动中，我拿起厚重的本子，采摘他的一串又一串光芒的花束；我走近与他亲近的人的内心，听他们讲述一串又一串他光芒闪烁的故事；我向久远的云烟里眺望，追寻他那成为历史而又光芒耀眼的影子；我在渐逝的记忆里挖掘，收集他那留在时光里的声音和脚步……

你为什么想起要写吴老？面对人们的提问，我说他是位了不起的精神英雄；他让我很感动，曾几次感动得我泪流满面。这样的人，我按捺不住有要写他的冲动。不写，我的心灵会一直不安；不写，财政人会在将来流失掉一笔巨大的精神财富。尽管吴老生前说过，不立传。不立传好，身后有传的人太多了，况且世界太小，放不下那么多传记书；读者太挑剔，也太浮躁，不愿看那陈芝麻烂谷子的往事。想来这些吴老早已明白得很透彻。是的，我不写传记，我写的是散文。散文这个文体有一个最大的特点，就是什么都可以写，可以在真诚的前提下放开手脚写。尽管可以写得形散神不散，但它必须遵循一个写作的法则，写的必须是感动作者的事情，也必须用一颗真诚的心去写。因而，我要以我真诚的心写吴波的精神光芒，写那束让我心动许久的光芒。这就不同于传记，也就少了落于俗套的写法和家谱式、档案式的文字；我不是写给某个人的，是写给一个与他有关系的群体的，是写给社会上有着这样精神追求的人们的。这样光芒四射的人物，实在应该写，应该写成感动人心灵的文字，更应该写成一代代财政人引以为自豪的人物。

一

吴老让我有很多的感动。

感动于吴老年轻时追求真理的执着。在混浊的环境里做事却保持着正义的清醒和善良的情怀。正义的清醒和善良的情怀，使得他在旧军阀部队里几次辞职而去，宁可丢掉饭碗，也不与邪恶为友，不以人民为敌；参与湖南赈灾，以智慧和善良拯救了数万灾民，在与贪官污吏斗争中面对风险的胆略让人钦佩；他端着国民党政府的饭碗，却冒险做着营救红军西路军的事，冒险为延安和共产党做事，直至放弃官禄去延安投奔到革命洪流中，他才感到精神获得了新生。

感动于吴老以身投奔延安革命，却被关押审查两年半之久，蒙受巨大委屈却从不改变参加革命的志向，从不埋怨组织和他人，直至到老到死也从不提那些委屈，反而在结束关押审查后，给自己确定了“永远做无产者”的人生目标，至死也未改变初衷。

感动于中华人民共和国成立初期新税制掀起巨大风波，吴老在“反党分子”帽子随时会落到头上的时刻不推卸责任，敢冒丢官、坐牢和杀头风险，为坚持真理主动站出来承担责任的无私无畏。

感动于“文革”中造反派批斗吴老逼他交代李先念等的“罪行”时，面对揪斗、抄家、大字报攻击等严酷折磨，同“税制风波”中一样，他仍然说：“我是财政部常务副部长，财政部的错，是我吴波的错；李先念在财政部的错，具体事都是我办的，是我吴波的错！”不管造反派如何打压，他都不把责任推向上级，也不把责任推向下级，把造反派罗列的财政部、李先念的“罪状”全揽到了自己头上，且在任何时候都不把自己承担的责任推给别人，不把自己应当承担的过错隐瞒或推给别人，坚持正义的人格和真诚、善良。

感动于吴老在重要领导人请他发展“桃园经验”并寄予厚望的时候，实事求是，头脑清醒，一字不写总结材料而交了“白卷”的清醒与胆略。

感动于吴老不迷恋官位，把财政部长位置让给年轻助手，为全党老干部主动让贤立了标杆。他仅仅当了一年财政部长，没有人逼他让贤，他是出于不贪恋官位的高尚境界，是为全党倡导干部年轻化的高风亮节的垂范，是对“官位至上”落后观念的挑战。感动中还有联想，假如不让贤又怎样？不让贤的吴波会把财政部长当得很好，会在财政部长官位上坐很多年，会凭他早已是“模范部长”的优秀才能、高尚品德继续荣升；而吴波选择了让贤，这在一般人是多么难以做到的！

感动于吴老常年住在裂缝掉灰的平房而体谅国家困难不愿花钱维修房子的简朴精神。那裂缝掉灰的平房简陋得有点寒酸，与共和国财政部长身份多么不相配，多少次财政部领导劝他维修，国务院机关事务管理局派来工程队、运来砖头水泥，他怕花费国家的钱而拒绝维修。住着破旧的房子，坐着破旧的沙发，吃着平民的饭菜，过着朴素的日子，想自己太少，想别人太多；他不想享受的事情，只想着怎么能给国家节省。

感动于吴老鼓励儿子们不在条件优越的京城生活而到艰苦地方安家落户，且不准儿子们用父亲的权力和影响找朋友、熟人为自己谋好处的坚守高洁的教子方式。

感动于吴老坚守简朴生活，不把因“文革”受迫害的平反补助费和保姆补助费留给缺钱的儿孙们却全部交了党费，还拿出自己的工资接济司机和生活困难的人。

感动于吴老年轻时到延安立志做“无产者”而终生不改誓言，两次立遗嘱把自己的两套房交给国家，辛勤工作一生仅有三万元存款，除去丧葬费和给孩子们的搬家费外没给儿孙留一分钱遗产，达到了做“无产者”的崇高境界。

…………

二

吴波毫无疑问是位具有英雄般极致品格的人，是超凡脱俗的人。在走进吴波的精神世界前，在没有了解他人生的历程时，人们会误认为他是有宗教信仰的人，因为有宗教信仰的人也会闪耀这样境界的精神光芒；会认为他是一个“古怪”的人，古怪得与大多数人有那么大距离；会认为他是个具有士大夫情怀的人，严于律己、忠君爱国、以天下为己任。但吴波的精神境界何止于此。士大夫追求个人利益，而吴波是一个彻底的“无产者”。他的放弃和追求，彻底与超越，是精神与灵魂的高度超越。

吴波何以成为一个超凡脱俗的人？因为他感受了旧社会生活的贫穷与苦难，那是刻骨铭心的饥寒交迫与艰辛羞辱；他感受了理想与现实相冲突的残酷，那是血淋淋的屠刀与偷梁换柱的卑鄙；他认识到民不聊生、国破家亡和妻离子散的原因是军阀混战与大盗和汉奸横行；他感受到了一种光明与黑暗的斗争；他感受到了正义之师与人心所向的党魂、军魂，那是共产党与延安的精神之魂……所有这些，让他知道了什么是满足与幸福，让他的精神世界找到了一种超然和高贵，让他决意为了国家和人民放弃自我、淡泊名利。这就是我所理解的吴波为什么会超凡脱俗。

三

吴波是具有精神高度的人。吴波的精神高度有多高？我看到的是一座高入云端的峻岭。这座精神的峻岭，不是虚无缥缈的，不是人为支撑和雕刻的，不是涂脂抹粉妆饰的，而是有多个侧面的坚砖硬石堆积起来的。这座山，无法衡量高度，也无法衡量宽度。因为在这个高度和宽度面前，我们难以放弃自我，难以放弃名利，我们挖空心思为自己谋利而难以放弃房子、官位、金钱，我们放不下利益和儿孙，更难做到一生最终“无产”，等等。这是我们的落差，却是吴波的高度。

吴波的精神高度，是无法丈量的。

四

吴波的精神体现了什么？体现了一个人内心的纯净。这种纯净，纯净到了像清泉，没有一点杂质，没有一点颜色，没有一点味道；体现了一个人内心的宽阔，宽阔得像蓝天和大海，看不到障碍，看不到边际；体现了一个人的超然，超然得淡泊，什么都可以放下，什么都可以不要，什么都可以看开；体现了一个人的至爱，对国家爱得很深，对事业爱得很深，对别人也充满了爱；体现了一个人的高贵，高贵得不向庸俗低头，不向权贵低头，不向金钱低头；体现了一个人的彻底，彻底得不为荣华富贵，不为权力财富，不为亲人儿孙。——有了这些精神，不就是毛主席所说的“一个高尚的人，一个纯粹的人，一个有道德的人，一个脱离了低级趣味的人，一个有益于人民的人”吗？

五

高山景行，我们学得了吗？许多人说，我们学不了吴波。我们也许学不了吴波的正义、助人、简朴、严谨、廉洁、自律，我们似乎也学不了他被关押几年不但无怨反而坚定做一个纯粹人的信念与大悟，学不了他放弃财政部长高官的那种超然，学不了他一生一世无私无畏，学不了他鼓励孩子扎根艰苦地区生活的铁石心肠，学不了他一生实现无产的执着追求。我说过，所有这些，是高山，是高大无比的高山。那么面对这高山的吴波，我们学得了吗？更多人说，学他很难。是的，时代发展到追求自我、权力至上、崇拜金钱、欲壑难填的今天，我们的确很难学得了吴老，甚至可以直截了当地说，学不了。这是许多人面对吴波精神，望而生畏、望而却步、高山仰止的感叹。

六

我们真的学不了吴波吗？我们只能敬仰他精神的光芒，只有把他的精神束之高阁吗？我在采访吴老和写作吴老的笔记本和电脑键盘上，不止一次地洒下了被他感动得难以克制的泪水。这当然是我心田的柔软之地，也是我的善良之地，也是我的正义之地，也是我尚未消失的高尚之地。我感到，当被他感动的泪水，一次又一次浸入这些心灵田地后，我的心田坚硬的地方被吴波的精神软化了，软化的地方在发酵，发酵在蔓延，发酵出了一种支撑心灵强大的东西，那就是一种叫淡然，或者是淡泊的东西在心田升腾。这种东西让我陷入了深而久的思考：今天的时代，吴波的精神真的过时了吗？今天的我们能学到吴波的淡然吗？我仍感到有学不了的地方。

我崇敬他一生追求“无产”的境界，但我学不了把官位和权力让给别人，学不了他把房子不留给子女而交给国家，学不了把自己的工资拿出来帮助别人。这是我的诚实，也是我的现实。我的现实告诉我，人是环境的产物，我们的生活环境里如若有很多吴波这样的人，我的家人子女都不会反对我做超凡脱俗的人，别人也不会把超凡脱俗当作傻子看，我也许会毫不犹豫地做一个“无产的人”，我的灵魂也会像吴波那样，达到纯净，走向高贵。可我感到要学到吴波的任何一面，都很难。

尽管学做吴波有这样那样的难，我感到可以把一时学不了吴波的地方，当作追求高贵的目标，一点一点靠近。如果有了这样一个目标，我们就向吴波的精神光芒迈近了一步；如果有了这样一个目标，我们就能够学得了吴波，可以学他的淡泊，可以放弃贪欲占有，可以放弃世俗虚名。在我看来，可以做到不把存款变遗产，除了生活保障外，不去利欲熏心地贪敛钱财；不去用权力和不义之财占有那么大那么多的房子；不去用无耻的方法的手段谋取高官厚禄。因为这几样，真是生不带来、死不带去且累人累心的东西，看淡也罢。因而，有了这样一个目标，有了这样一个认识，有了这样一种清醒，那么我们就会离吴波的精神光芒越来越近；有了这样一个个放弃，我们的灵魂也会散发出像吴波那样的精神光芒。在这样一种坚持不懈的努力下，不仅高山可攀，而且完全可以攀到高峰。这样不懈地攀登，你会发现吴波的精神高山，不会让你望而生畏、望而却步。当然，达到这个精神高度的前提，是淡然；淡然的前提，是放弃；放弃的前提，是认识它的美好；认识它的美好的前提，是清醒。有了清醒，就会朝着这束光芒前进。这样的前进，就是走向心灵的高贵和灵魂的高尚。没有这样一种一步一个台阶的思想飞越，是学不了吴波的，更是感受不到吴波精神光芒的美好。由此看来，想要做一个灵魂纯净、心灵高贵的人，学做吴波是不难的，也是容易的。

这样认识和行走，你会豁然发现，人，原来可以活得如此淡然。

七

做吴波这样的人，做这种灵魂高尚、精神高贵的人，莫不是吃亏了？莫不是让子女吃亏了？看起来是这样。吴波放弃了许多，甚至放弃了财富，放弃了财政部长官位，放弃了遗产，一生活得像佛门的教徒清心寡欲，连孩子们也没有沾上他的光，更没有得到金钱和遗产的实惠，是不是亏待自己，亏待子孙了？看起来是这样。其实又不是这样，这吃亏的后面，亏待的后面，是矗立起来的一座精神的高山。这座高山，是黄金和宝石也堆不起来的。

吴波追求精神的高山和光芒，给他自己带来了什么？给他自己带来的是纯净和高贵的内心，并且使人生的风风雨雨也成为一种享受。宽厚豁达而寿，他活到99岁。他的无欲不贪，淡然处之，让灾祸远离，让邪恶不藏，他一身轻松，无怨无恨，白天乐、夜晚安。他享受人生这样的高龄，是官员中少有的，是富豪中少有的。他的放弃，他的无欲，使他享受到了人生的快乐，也活出了人生的意义与价值。吴波没有失去，没有吃亏，而是得到了很多，得到了极高的一种生命享受。他的子孙们吃亏了吗？他鼓励儿子到艰苦的地方生活锻炼，不让他们在财政部长父亲官位的光环下生活，更不许用他的光环为他们捞取好处，让他们去掉官气、娇气、霸气，做普通人、朴素人、靠双手创造的人、与百姓亲近的人。这样固然使子孙们吃了很多苦，直至儿孙们都落户到了边远地方，都是普通百姓，没有显赫的官位，没有富足的金钱，是子孙们吃亏了吗？我访问过他的儿子、孙子以及他的亲人，没有人埋怨吴老，没有人不以他为自豪。他在子孙们的心中，是座神圣的高山，是谈起来就让后辈兴奋而感动的精神丰碑。吴波的后代，以吴波为丰碑，做普通人，做老实人，做自力更生的人，做高尚纯粹的人，与世无争，与人无怨，活得从容踏实，也活得安静幸福。这样的子孙，平平安安，安分守己，堂堂正正，从容踏实，难道不是父辈所企望的，难道不是吴氏家族的福分？这是用金钱和权力可以换来的吗？！

看到了这一点，就看到了吴老对自己、对儿孙的严厉、苛刻，甚至无情的深刻内涵。他的“无情”，实则是给予子孙巨大的财富。这种财富，尽管没有金钱、房子、权力那样实用，那样华丽，那样有声有色，而它却像一朵久开的花儿，绽放出荫泽后代的芳香，而这种芳香，让他们走向精神的高贵。这就是吴波没有给予子孙物质财富，却给予了子孙巨大精神财富的实质。看不到这一点，就会认为吴老太愚。

当然，有人可以认为，人活一世，应当尽情享受；清苦，让人失去了活着的意义；可以少活几十年，也要让自己活出人上人的精彩，尽可能享受到人上人的富有。这让人无话可说。而享受和精彩，靠什么取得？如若是不劳而获、投机取巧，那样的享受和精彩，我深信他享受不到吴波那样的安然，也达不到吴波那样的精彩。

当然，有人可以坚信权力和金钱的万能，他们不择手段捞取官位、金钱，就是为了让子孙和亲人享受荣华富贵，那或许也是一种传承，这种传承也是种“花”，而结出的“果”是什么？可想而知。都想追求大富大贵，而谁能富过帝王，谁能权倾天下？而那些自相残杀、骨肉离散、人似禽兽的事，却大多发生在帝王将相和富贵豪门之家。可见，精神可以传承久远，而富贵、权力和金钱却难以传承，这是早已被生活和世事验证的事实。

八

吴波精神的光芒，在今天看来，是那么多彩和耀眼，多彩和耀眼得让人感到非常稀有。它有鲜活的思想，感人至深的内涵，催人奋进的力量。可惜的是，由于吴老一贯低调，从不给孩子们讲他的工作生活，从不给同事和部下讲他的辉煌与精彩，这使他的精神之光被自我封存了起来，许多往事已随时光逝。只是在他晚年和他去世后，才有一点挖掘，有一点报道，且没能够从深度上挖掘他的精神之光，这是种遗憾。吴波不是伟人，而他的精神之光，却曾经对社会产生过很大影响，今天仍然在我们身边闪耀着璀璨的光芒。

吴波是勤奋敬业的模范，是廉洁奉公的模范，是共产党员的模范，是当家理财者的模范。无论从哪方面挖掘，无论从哪方面思考，都能给我们以心灵的感动、不尽的思索、精神的力量。吴波的精神，是对社会的贡献，也是财政人的宝贵财富。

财政的事业，需要一代又一代人接力；财政人的精神，也需要一代又一代人传承。吴波精神的光芒，不仅仅是书中的几十个片段所承载的，还有许多闪烁的精神之光，随着时光流逝，已无法追寻。好在他那最为耀眼的精神之光，还在怀念他的人们脑海里留存着，所以就有了这本书。作为一个作家，感到有义务写这位让财政人引为自豪的人，虽然财政部长中也有好几位令人崇敬的人，财政人中也有许多令人崇敬的人，而写吴波，则更有典型意义。

九

走近吴波，会让人想到寡欲、感恩、慈爱、严谨、执着、正义、无私、朴素、坦荡、宽阔、高尚，等等。而这些人格、品德，又是构成一个人高大、高贵不能缺失的元素。走近吴波，我品味他身上的这一个又一个精神元素，感到内心受到了洗礼，让我向这些元素走近了一步。这是我的收获，也相信是所有走近吴波精神之人的收获。我们应当为财政人中有这样的人而骄傲，也应当走近他的精神，吸收他的光芒，让我们的精神也高贵起来，让我们的精神也闪烁出迷人的光彩。

如此一来，你会发现，人生不需要被许多东西奴役，像吴波那样，可以活得如此淡然。

后记二
《一位财政部长的两份遗嘱》与巨大反响

一

长篇散文《一位财政部长的两份遗嘱》，以一整版篇幅，在吴老去世十周年之际的 2015 年 2 月 6 日刊登。文章一经刊登，便被新华网、人民网、光明网、《文摘报》、中国网、求是网、搜狐网、新浪网、海外网、中国共产党新闻网、财政部网等多家网站和媒体转载，在社会上引起了强烈反响，并在微信群得以广泛互转和群众广泛传诵。同时，该篇文章引起习近平等中央领导同志高度重视并做出重要批示。

二

《光明日报》在整版刊登该文的同时，还在一版刊发本报评论员文章。该评论员文章写道：

秉德无私，可参天地。财政部原部长吴波已经离世十年，但他的高风亮节垂范后代、精神遗泽长留人间。

《光明日报》2月6日的文荟版，作家宁新路以饱含深情的笔触撰写的《一位财政部长的两份遗嘱》，将吴波朴实而光辉的一生娓娓道来。今天的报道，再次多侧面、多角度展现了他的人格境界。吴波的一生就如同一本厚重的书，起承转合是中国革命、解放、发展、改革的壮阔历程，字里行间是共产党人大公无私、鞠躬尽瘁的伟大精神。

人们从他的一生里，学到了“公者千古、私者一时”的道理。吴波为中华民族的解放事业、为社会主义革命和建设事业、为新中国的财政工作贡献了他的一生，却不置私产、不留私产，始终以一个“无产者”要求自己。他将自己的人生，纳入了全民族的整体命运；他将中国的繁荣与人民的安康，看成自己最大的财富。

人们从他的一生里，读出了“严以用权、严于律己”的意义。在世时，他长期住在单位分配的旧平房里；去世后，他的儿孙又按他的遗嘱将住房全部归还国家。他从不让妻子儿孙“蹭”专车，从不许后辈工作受特殊照顾；下乡调研不坐专车、不要陪同，出差住宿不住套房、不接受超标接待；一顿饭的招待也要付钱，一箱水果的礼品也要退还。正是这样心存敬畏、手握戒尺、严于律己、慎独慎微的态度和习惯，造就了一个共产党员的浩然正气与高风亮节。

人们从他的一生里，看到了“群众路线”的真意，找到了“从群众中来到群众中去”的鲜活注释。他以自己一生的经历告诉后人，任凭时代变幻，群众路线的凝聚力与号召力不变，人们对党员干部品格的要求不变。只有每个党员都能永葆本色，一个8000余万党员的大党才能永葆先进性与纯洁性。

斯人已逝，芳华长存。今天，在党的群众路线教育实践活动的洗礼后，在“全面从严治党”的背景下，在“全面深化改革”向党的执政能力提出新的考验之时，让我们重新读一读吴波，重新感受一下他的故事和他的精神。这里面，有每个党员想找到的答案，也蕴藏着一个政党、一个国家砥砺前行的深层力量。

三

长篇散文《一位财政部长的两份遗嘱》发表后，引起了中央领导的高度重视。春节前夕，百忙中的习近平等中央领导同志分别做出重要批示，对吴波对国家鞠躬尽瘁、对人民奉献一生的事迹，给予了高度评价和赞扬，要求开展向一代财政部长吴波学习活动。全社会迅速掀起了学习吴波事迹的热潮。

吴波事迹感动了数以万计的读者，也引发了广大读者和网友关于如何做好人民公仆、发挥国家干部先锋模范作用的广泛讨论，也引起了中央各大新闻单位的高度关注。新华社、《人民日报》、中央电视台、中央广播电台、《经济日报》、中纪委《中国纪检监察》杂志等中央新闻单位迅速组织记者采访新闻报道，《光明日报》做出深入宣传吴波光辉事迹的报道策划方案，组成报道小组进一步挖掘深入报道。中央各大新闻单位连续播发刊登事迹报道，各地报刊纷纷转载。新华社的《一位财政部长的“五子棋局”》被全国各地党报和部分晚报纷纷转载。

《一位财政部长的两份遗嘱》在财政部也引起巨大反响，3月6日财政部发出通知，要求全国财政系统迅速开展学习吴波事迹的活动，并形成了全国财政系统持久性地学习吴波光辉事迹的良好氛围。

四

吴波的感人事迹，引起了社会的广泛关注和热议。读者通过博客和微信，发表读后感。

读者朱永嘉在博客慷慨激昂地写了一万多字的读后感：《魂兮归来——读〈一位财政部长的两份遗嘱〉有感》。他说，在市场经济条件下，物欲横流的今天，吴波能保持一辈子做一个革命的无产者之本色，更显得难能可贵了。在我们党那么多领导者中间，有几个人能如他那样始终保持革命的无产者本色啊！他不是靠嘴上说，而是一辈子身体力行。记得毛主席在《纪念白求恩》一文中，曾经号召共产党人，“我们大家要学习他毫无自私自利之心的精神。从这点出发，就可以变为大有利于人民的人。一个人能力有大小，但只要有这点精神，就是一个高尚的人，一个纯粹的人，一个有道德的人，一个脱离了低级趣味的人，一个有益于人民的人”。他就是今天白求恩精神在共产党人身上的真正体现。比照吴老的一生行事，我自叹不如，相差距离甚远，也不是要求我们的各级领导干部都能如此，然而吴波仍然是我们景仰和学习的榜样。在反腐倡廉不断深入的今天，值得人们，特别是各级领导干部作为学习和对照自己言行的一面镜子，在思想境界上找差距，帮助自己放下包袱、轻装前进。要懂得权势和财富都不是永恒的，为人的精神却刻在你每一步行走的足迹上。所以作为共产党人，还是应该“魂兮归来”，这是司马迁所言屈原写的《招魂》中的一句话，全文太长，这里只引其中几句，其中有言：“魂兮归来！西方之害，流沙千里些。……归来兮，恐自遗贼些！”译成现代文，大意谓：“魂啊，你回家吧！西方可不是极乐世界，那儿飞沙走石一千里会伤害你的。……回来吧，回家吧！何必在那儿受人威胁遭贼陷害呢！”这个西方的贼害放到今天应该是指资产阶级的个人主义精神，不是具体指称哪个地区哪个人。我们共产党人还是应该努力争取如吴波那样一辈子为人行事，才是改革开放这个新时代条件下共产党人之魂、中华民族之魂！当然，“金无足赤，人无完人”，人都可能有不足之处，无论你过去曾经处于什么样的地位，在今后要做什么样的人，要走什么样的道路，个人都有重新选择的自由，在选择的时候，也应该认真思考一下，这个选择对你今天和以后的处境究竟意味着什么，不管过去曾经做过什么，至少在为人的方向上，你应该有“而今迈步从头越”那种紧迫的信心和决心，有了这一点，并且做了努力，那大家都能看到的。

中宣部《党建》杂志收到广大读者、网友、微友的读后评语，还可从一个窗口，看到社会广大群众对吴波事迹的心灵回应：

看完心灵受到了深深的震撼。共和国第五任财政部长吴波，竟然能够做到一生无产，来去无尘，真乃了得。

一个财政部长，一生只攒了三万块钱，其他的都捐了，这是何等的境界！

学习吴波部长的教子方式。他舍得让孩子吃苦，甘心让孩子吃亏，遗嘱中还让后人把分配给他的住房还给国家。

吴波部长一生清廉，不占公家一分钱便宜，这种高风亮节值得我们财政战线所有人学习。

如果所有的官员都能做到吴波部长那样，这个社会得纯净美丽到什么样子？百姓肯定会拍手称快。

看到动情处，真真地被一位情真意切的老部长感动了，感觉他的精神光芒能够穿透人的灵魂。

人是应该有点奉献精神的，为他的祖国，为他的事业；吴波部长的忘我拼搏精神感染了我。

吴波部长的大公无私，让人想到了周总理。大有大无，有的只是付出，却从不去想功名利禄，鞠躬尽瘁，死而后已。

不留私产给后代，两立遗嘱归公。这种情怀怎能不让人落泪？吴波，第五任财政部长，一位真正的无产者、共产党人！

衬衣露着毛边，睡衣补着补丁，这哪里像一位财政部长的装扮？吴波部长的简朴作风值得我们学习。

有的人死了，他还活着……看完觉得吴部长还活着，他的精神光芒也会长时间地照亮这个世界。

看完就像和吴部长倾心长谈了一次一样，内心一个劲儿发誓：要做吴老这样的人！

吴波部长内心的那座丰碑好令人神往，那该是最坚定的信仰吧？

…………

五

当然，《一位财政部长的两份遗嘱》发表后的反响，远远不止这些，是大报小刊铺天盖地式的宣传和热评。我对此欣喜，但又很平静。欣喜的是，吴波的光辉事迹得到了更为广泛的传颂；平静的是，这样的巨大影响，是吴波精神之光的力量，是吴波的光荣，作为一个作家，我的作用应当是有限的。

《一位财政部长的两份遗嘱》获得如此大的读者反响，是写作时没有想到的。这部作品近期又引起了中央一位领导的高度重视，并在一定范围内做了推荐。《一位财政部长的两份遗嘱》的影响，仍在“发酵”般地加大，产生着巨大的精神效应。

因而，这是《一位财政部长的两份遗嘱》出版之际的重大事件。一篇作品引起习近平等中央领导同志的高度重视和重要批示，是重大事情；引起社会强烈反响，是重大事情；吴波精神在人们心灵深处产生巨大波浪，是重大事情。财政部副部长余蔚平、戴柏华不约而同地说：“新路同志为财政部做了一件重要的事情”，也正如中宣部《党建》杂志总编辑刘汉俊代表中宣部领导说：“新路同志你为我党做了一件非常重要的事情”，正如其间所透出的厚重肯定一样，吴波的事迹是重要的，《一位财政部长的两份遗嘱》的故事是重要的。当然这部书和这篇文章，对于文学界和作家的我来说，是件很重要的事情。

因而，有必要为《一位财政部长的两份遗嘱》的出版，写此记录文字。

宁新路

2021 年 3 月　北京阳光花园